U0116052

菲菲島夢遊記

司馬文森 著

司馬文森（一九一六年—一九六八年）

原名何應泉，福建泉州人。曾用名何章平，筆名：燕子、林娜、耶戈、林曦、文森、宋芝、白沉、宋桐、何文浩、何漢章、馬霖等，中國著名現代作家。主要著作：長篇小說《雨季》《南洋淘金記》《風雨桐江》，中篇小說《尚仲衣教授》《折翼鳥》，短篇小說《大時代中的小人物》《人間》，散文、報告文學《粵北散記》《新中國的十月》《上水四童軍》，兒童文學《菲菲島夢遊記》《我們的新朋友》，電影劇本《海外尋夫》《南海漁歌》《火鳳凰》等。

總序一

兒童文學的歷史與記憶

林文寶

大陸海豚出版社所出版之中國兒童文學經典懷舊系列，要在臺灣出版繁體版，這是臺灣兒童文學界的大事。該套書是蔣風先生策劃主編，其實就是上個世紀二、三十年代的作家與作品，絕大部分的作家與作品皆已是陌生的路人。因此，說是經典有失嚴肅；至於懷舊，或許正是這套書當時出版的意義所在。如今在臺灣印行繁體版，其意義又何在？

考查各國兒童文學的源頭，一般來說有三：

一、口傳文學

二、古代典籍

三、啟蒙教材

而臺灣似乎不只這三個源頭，綜觀臺灣近代的歷史，先後歷經荷蘭人佔據三十八年（一六二四—一六六二），西班牙局部佔領十六年（一六二六—

一六四二），明鄭二十二年（一六六一—一六八三），清朝治理二〇〇餘年（一六八三—一八九五），以及日本佔據五十年（一八九五—一九四五）。其間，相當長時間是處於被殖民的地位。因此，除了漢人移民文化外，尚有殖民者文化的滲入；尤其以日治時期的殖民文化影響最為顯著，荷蘭次之，西班牙最少，是以臺灣的文化在一九四五年以前是以漢人與原住民文化為主，殖民文化為輔的文化形態。

一九四五年十月二十五日國民黨接收臺灣後，大陸人來臺，注入文化的熱血液。接著一九四九年十二月七日國民黨政府遷都臺北，更是湧進大量的大陸人口。而後兩岸進入完全隔離的型態，直至一九八七年十一月臺灣戒嚴令廢除，兩岸開始有了交流與互動。一九八九年八月十一至二十三日「大陸兒童文學研究會」成員七人，於合肥、上海與北京進行交流，這是所謂的「破冰之旅」，正式開啟兩岸兒童文學交流歷史的一頁。

其實，兩岸或說同文，但其間隔離至少有百年之久，且由於種種政治因素，目前兩岸又處於零互動的階段。而後「發現臺灣」已然成為主流與事實。

因此，所謂臺灣兒童文學的源頭或資源，除前述各國兒童文學的三個源頭，又有受日本、西方歐美與中國的影響。而所謂三個源頭主要是以漢人文化為主，其實也就是傳統的中國文化。

臺灣兒童文學的起點，無論是一九〇七年（明治四〇年），或是一九一二年（明治四十五年／大正元年），雖然時間在日治時期，但無疑臺灣的兒童文學是屬於華文世界兒童文學的一支，它與中國漢人文化是有血緣近親的關係。因此，了解中國上個世紀新時代繁華盛世的兒童文學，是一種必然尋根之旅。

本套書是以懷舊和研究為先，因此增補了原書出版的年代（含年、月）、出版地以及作者簡介等資料。期待能補足你對華文世界兒童文學的歷史與記憶。

林文寶，現任臺東大學榮譽教授，曾任臺東大學人文文學院院長、兒童文學研究所創所所長、亞洲兒童文學學會臺灣會長等。獲得第三屆五四兒童文學教育獎，中國文藝協會文藝獎章（兒童文學獎），信誼特殊貢獻獎等獎肯定。

原貌重現中國兒童文學作品

蔣風

今年年初的一天，我的年輕朋友梅杰給我打來電話，他代表海豚出版社邀請我為他策劃的一套中國兒童文學經典懷舊系列擔任主編，也許他認為我一輩子與中國兒童文學結緣，且大半輩子從事中國兒童文學教學與研究工作，對這一領域比較熟悉，了解較多，有利於全套書系經典作品的斟酌與取捨。

一開始我也感到有點突然，但畢竟自己從童年開始，就是讀《稻草人》《寄小讀者》《大林和小林》等初版本長大的。後又因教學和研究工作需要，幾乎一而再、再而三與這些兒童文學經典作品為伴，並反復閱讀。很快地，我的懷舊之情油然而生，便欣然允諾。

近幾個月來，我不斷地思考著哪些作品稱得上是中國兒童文學的經典？哪幾種是值得我們懷念的版本？一方面經常與出版社電話商討，一方面又翻找自己珍藏的舊書。同時還思考著出版這套書系的當代價值和意義。

中國兒童文學的歷史源遠流長，卻長期處於一種「不自覺」的蒙昧狀態。而清末宣統年間孫毓修主編的「童話叢刊」中的《無貓國》的出版，可算是「覺醒」的一個信號，至今已經走過整整一百年了。即便從中國出現「兒童文學」這個名詞後，葉聖陶的《稻草人》出版算起，也將近一個世紀了。在這段不長的時間裡，中國兒童文學不斷地成長，漸漸走向成熟。其中有些作品經久不衰，而一些作品卻在歷史的進程中消失了蹤影。然而，真正經典的作品，應該永遠活在眾多讀者的心底，並不時在讀者的腦海裡泛起她的倩影。

當我們站在新世紀初葉的門檻上，常常會在心底提出疑問：在這一百多年的時間裡，中國到底積澱了多少兒童文學經典名著？如今的我們又如何能夠重溫這些經典呢？

在市場經濟高度繁榮的今天，環顧當下圖書出版市場，能夠隨處找到這些經典名著各式各樣的新版本。遺憾的是，我們很難從中感受到當初那種閱讀經典作品時的新奇感、愉悅感、崇敬感。因為市面上的新版本，大都是美繪本、青少版、刪節版，甚至是粗糙的改寫本或編寫本。不少編輯和編者輕率地刪改了原作的字詞、標點，配上了與經典名著不甚協調的插圖。我想，真正的經典版本，從內容到形式都應該是精致的、典雅的，書中每個角落透露出來的氣息，都要與作品內在的美感、精神、品質相一致。於是，我繼續往前回想，記憶起那些經典名著的初版本，或者其他的老版本——我的心不禁微微一震，那裡才有我需要的閱讀感覺。

在很長的一段時間裡，我也渴望著這些中國兒童文學舊經典，能夠以它們原來的面貌重現於今天的讀者面前。至少，新的版本能夠讓讀者記憶起它們初始的樣子。此外，還有許多已經沉睡在某家圖書館或某個民間藏書家手裡的舊版本，我也希望它們能夠以原來的樣子再度展現自己。我想這恐怕也就是出版者推出這套書系的初衷。

也許有人會懷疑這種懷舊感情的意義。其實，懷舊是人類普遍存在的情感。它是一種自古迄今，不分中外都有的文化現象，反映了人類作為個體，在漫長的人生旅途上，需要回首自己走過的路，讓一行行的腳印在腦海深處復活。

懷舊，不是心靈無助的漂泊；懷舊也不是心理病態的表徵。懷舊，能夠使我們憧憬理想的價值；懷舊，可以讓我們明白追求的意義；懷舊，也促使我們理解生命的真諦。它既可讓人獲得心靈的慰藉，也能從中獲得精神力量。因此，我認為出版本書系，也是另一種形式的文化積澱。

懷舊不僅是一種文化積澱，它更為我們提供了一種經過時間發酵釀造而成的文化營養。它為認識、評價當前兒童文學創作、出版、研究提供了一份有價值的參照系統，體現了我們對它們批判性的繼承和發揚，同時還為繁榮我國兒童文學事業提供了一個座標、方向，從而順利找到超越以往的新路。這是本書系出版的根本旨意的基點。

這套書經過長時間的籌畫、準備，將要出版了。

我們出版這樣一個書系，不是炒冷飯，而是迎接一個新的挑戰。

我們的汗水不會白灑，這項勞動是有意義的。

我們是嚮往未來的，我們正在走向未來。

我們堅信自己是懷著崇高的信念，追求中國兒童文學更崇高的明天的。

二〇一一年三月二〇日

於中國兒童文學研究中心

蔣風，一九二五年生，浙江金華人。亞洲兒童文學學會共同會長、中國兒童文學學科創始人、中國國際兒童文學館館長。曾任浙江師範大學校長。著有《中國兒童文學講話》《兒童文學叢談》《兒童文學概論》《蔣風文壇回憶錄》等。二〇一一年，榮獲國際格林獎，是中國迄今為止唯一的獲得者。

目錄

一　小安安夢遊菲菲島

有客人從南洋歸來，路過大墟鎮，恰是黃昏時分，趕路甚為不便。想在這市鎮上停下，但又苦於找不到客棧。當這個白髮蒼蒼的老洋客，正在左右為難的時候，腳夫忽然就提議說：他可以設法替他介紹一個地方，那是他的親戚，為人極為誠實可靠。老洋客心中極為歡喜，他向腳夫道過謝後，就動身朝那腳夫的親戚人家走去。

腳夫把這位南洋客帶進他的親戚家，那時正是冬天，這腳夫的親戚家正吃完飯，一家大小圍住一個火爐，聽一位老年婦人講長毛故事。當腳夫把老洋客介紹給他們時，那圍在爐前的大大小小就都一致的站起來，有的讓開座位，有的忙著去倒茶，以表示他們的尊敬和歡迎。

像這樣的優待，實在是出了我們這位老客人的意料，因此他一邊坐在人家讓給他的位子上，一邊道著謝。過一會他又說：

「你們一家大小是多麼快活啊！我希望不會因為新加了我進來，破壞大家的快樂。」

「不會的，不會的，」做主人的回答說。「我們會因為多了一個客人而更加快活的。」主人雖然說他們還是快活的，甚至會比剛剛更快活，但是大家卻自然的彼此客氣起來了，於是客人又得抱歉的說了：

「我覺得我已經開始在破壞你們的快活了，當我初初進來時，你們大家還是有說有笑，滿快活的樣子，現在卻個個都客氣起來不說話了。」

「不是這個意思，」主人又出來聲明了。「在你還沒進來的時候，老祖母正在對這些後輩講故事，但是很不湊巧，當你剛剛來敲門的時候，她的故事恰巧說完了，現在是沒有什麼可講的了，所以我們都沉默著。」

說到這兒，那個一進門就躲在陰暗角落的腳夫就出來說話了。他說：

「我們的客人，是一位老南洋，在路上他告訴我：他在那兒住了近三十年，現在是事情不幹，回家來度老了。我們都知道南洋是一個好地方，一定有許多新奇故事的，我們為什麼不利用這個機會，請這位客人對我們講點南洋的故事呢？」

「我代表我們全家，對這意思表示歡迎！」主人一說完，就輕輕地鼓著掌，大家跟著也學他的樣子。於是，在一個小小的會客廳裡，馬上便充滿了一陣活潑的愉快的掌聲。客人很是謙虛的微笑了一下，便這樣說道：

「我很高興能給大家講點南洋故事，不過我的口才實在太不好了，怕講了大家不喜歡。不過，既然大家贊成我講，我只好講，如果講得不好，還得請各位原諒。」說著，他就對著眾人講下一段二十幾年前，他初去南洋時的故事。

客人的口才原本是很好的，聲音那麼的清楚有力，加上故事又極動人，因此聽的人好像都受了催眠一樣，有的迷醉著，忘記了自己是在哪兒，有的就睡著了。在這些聽眾中，有一個叫做安安的十二歲孩子，他不僅被這些故事迷醉著，閉下眼睛，甚至於還做了一個很長很長的夢。

你們想：他夢見一些什麼呢？他夢見——

他正從高級小學畢了業出來。

有一天，他的父親忽然把他叫了去，他說：

「安安啊！現在你已經快成年了，應該自己出去找生計，不能再這樣老靠父母過下去。」

安安想：這句話講得不錯。但是叫他怎樣回答呢？因為他從沒把這事情放在腦裡想過，結果他便沉默著。

「你怎樣打算，為什麼一句話不說？」父親緊接著又說。一邊拿眼睛來看他那因為難為情的原故而漲紅了的面孔。

「我不知道怎樣打算……」過了半天，安安囁嚅著說。的確，他是不知道怎樣打算的，要是一定要有打算的話，那就是他打算升中學。但是父親已經聲明在先了，「不能再這樣老靠父母過下去。」因此他也就不敢說出來。

「沒有打算？」父親皺著眉頭說。「是不是要我替你打算？」

沒辦法，安安只好點點頭。

「那也好，」父親說。「那麼，你就到菲菲島去罷，那兒是一個寶島呢，到處都是金子銀礦，隨便俯身在地上拾著都是一些很值錢的寶貝，所以我們常常看見許多人，小的時候都是很窮困的，一到了那兒不久，便又都個個發了財回來。我們家境不好你是知道的，爸爸又嫌年紀大了一點，不能在外面奔跑，你現在是家中唯一長成的人了，所以我敢於放心把這件事付託給你。安安啊！好好的勤勞做事罷，我等著你發了財回來榮耀祖宗呢。」

談話到這兒便結束了，跟著爸爸便替安安準備起行裝。不久，準備也完成了，於是便有一個人，自稱姓洪的洪先生，就自動的從鄉下到他們家裡來，他是一個老菲菲島客。不信嗎？你看他這時身上穿著的白洋服，足上套雙老洋鞋，眼睛上架了副老洋眼鏡，手中提著老洋皮箱，便知道他是和平常人不同了。他給安安的父親，非常客氣的招待著，又把安安帶到他面前去。父親低聲的對安安說：

「快向這位洪先生敬禮，他是我的一位朋友，會帶你到菲菲島去的。」又回頭向洪先生。「洪先生，我們的安安雖然已經是十幾歲人了，還是一點不懂世故，因此在路上如有什麼事，還希望你多多教導哩。」

洪先生接連的點頭，表示沒問題，有事他全部應承，又抬起戴洋鏡的眼睛來看安安。把他看了好一會，然後就提高了嗓子說：

「安安小朋友，我很高興能得到像你這樣的一個同伴，但是，我且問你，你的行李呢？準備怎樣了？」

父親忙從旁邊插嘴說：

「一概都準備妥當了！」

「好得很，出門人最重要的是爽快。那麼，再見罷，我們明天一早動身。……」

說著，說著，洪先生就把右手伸出來，緊緊的牽起安安一隻手捏著。

到了第二天清早，他們就動身了。他們坐著公路局的汽車，走了很長很長的一段路。到底有多長呢？安安有一個習慣，就是一坐上車便會睡著，這次也和其他各次一樣，他一上車就睡著了，所以不知道走了多少時間，走過多少路。他只記得上車時是在清早，天色還是朦朦朧朧的，下車時卻已經是黃昏時分了，車站上的燈光通通照亮了。下了車，他們就搶著去搭海港渡輪，搭上渡輪，慢慢的安安又睡著了。

當安安醒轉來時，他和洪先生已經在一個很大很大的城市裡走著了。這個城市，他是從來沒到過的，洋樓是那樣的高，從馬路底下抬頭看上去，頭都要發昏；至於人和車馬，那簡直是數不清，安安只覺得他的前後左右，到處都是人、車、馬；因此他在走著時，也就到處給人，給車，給馬碰著撞著了。

他隨著洪先生，走了很多很多他從沒走過、不熟悉的路，看見了很多從沒看見過的東西，同時身上也淋著汗，原因並不是因為氣候太熱，而是給人家擠得太厲害，當然一個人老給人這樣擠著擠著，汗水自然就會給擠出來。最後他們就走到一個地方，這個地方要比他們剛剛走過的那許多地方要吵要擠，對面看去是一片大海，海中停著許多船隻，這些船隻有的大得像城堡，有的卻小得像一片浮葉。

許多工人就咿咿啊啊的喊著，唱著，從船上運著一包一包東西下來，在一塊空地上堆好，又把另一種東西，一捆捆的運上去。這樣多人，這麼多東西，還有這樣吵，這樣嘈雜，安安看了都害怕。

「這個就是碼頭，」洪先生用手正一正他架在鼻梁上的洋鏡說。「和外國來往，上船，落船，都是在這兒的，」說著他的頭又抬將起來，看著很遠很遠的海上，好像在找什麼似的。忽然他又說：「咳，〇〇〇（在這兒他說了一個洋名字）到這時還沒有到。」

安安聽不懂洪先生那句洋話，覺得十分狐疑，於是他就壯著膽子問：「洪先生，你剛剛說的那個，那個很長很長名字的是誰啊！」

「是〇〇〇（又是那個很長很長的洋名），我說的是一隻船，要載我們出口的，現在還沒有到。」

「沒有那……」安安也想學起那洋名字來了，但是他學得十分差，因此作者不得不把「〇〇〇」寫成「……」了。雖然他已經說得非常小聲，怕給洪先生聽了好笑，結果洪先生還是聽到，而且就那樣哈哈的笑了起來。安安臉漲紅著，不過他要說的話，還是照樣說下去。「我們怎好出去呢？」

「沒有關係，」洪先生安慰他說。「過兩天它總要來的，現在最重要的，我們是要去辦出口手續，比方到對面那個地方去，」說著洪先生就用手指著對海，很遠很遠地方的一個小島。「到一個叫米米國的領事館裡去種痘，每個人都要種過痘，才能出口的。」

什麼叫做「種痘」呢？安安沒有弄清，但他怕洪先生又要發笑，因此沒敢開口問。

他們在碼頭上走了很長很長一會，便又回到客棧去。吃過飯，就有人來通知，叫他們隨一群也是要到菲菲島去的人，坐一隻小快艇到對面島上去種痘。

這是怎樣的一個島啊！洋樓是建在山上，馬路也開在山上，還有富人的花園也設在山上，因此房子啊，馬路啊，都十分的傾斜，要是自己不小心踩著香蕉皮，一滑可不是玩的，起碼也要滾上這麼幾十分鐘才能滾到底的。因為是在山上，所以樹很多，所有的街路差不多都給蔭著。這個地方雖然是那樣的好玩，卻住著很少人，車馬不多，也很少人在馬路上走來走去，就是有也大半是一些高鼻子藍眼睛的洋鬼子。最奇怪的，是在馬路上站著的員警，也和別地方不同，他們穿著很漂亮的黃色制服，沒有戴帽子，卻都在頭上纏了塊紅頭巾，還有在面上留了許多鬍子，既高又大，安安看了好像是看見天神下凡似的，有點害怕。但是洪先生卻用手去碰他一下，並微笑著低聲說：

「不要怕，這些都是外國人，他們叫做紅頭阿三。」

「紅頭阿三為什麼到中國來當員警？」

「這個地方已經是外國人的了，所以有外國人來當員警，你沒看見這些馬路和洋樓都和我們的不同。這些紅頭阿三都是印度人，他們也很可憐，他們的國家老早就給人家亡了，所以老百姓便不得不出來做員警，當看門人替他們的主人當奴隸。……」

這就奇了，明明是中國地方，為什麼說是外國人的？因此洪先生又不得不接下去解釋了，他說：在滿清的時候，中國曾和外國人打過一次仗，但是打敗了，所以外國人便強迫中國把許多地方給他們，名義好聽一點叫租界，這些租界是什麼都要歸外國人管的，員警和別的事當然也一樣。

說著說著，在前面走著的人，忽然又停住足了，安安忙朝前一看，原來不是別的，他們已經到了一個洋房子的門外了。這間洋房子在門上高高掛著這麼一塊招牌：「米米國駐廈領事館」，在門的旁邊，站著兩個又像是天神一樣高大的黑人兵。他們穿著一樣的黃制服，背著槍，掛著子彈帶，很威武的站著，卻不時用眼睛來看這群中國人。在這群中國人前頭有一個代表，他拿了許多檔，和他們中的一個黑人兵用洋話這麼說著說著，一會說通了，有一扇鐵門隨著就打開，於是他們便都走進門去。

安安經過那鐵門的時候，覺得有一個黑人兵，在對他笑著，他心裡十分不安，撲通地亂跳，從前在他的腦中，以為凡是黑人都是野蠻的，全身光光的不穿衣服，專門靠吃人肉過日子的。但是在這兒他所看見的，卻居然是兩個穿衣服戴武裝的人，這叫他有點失望。不過他又想道：說不定他們正在那兒裝著文明樣子，等大家都進去了，他們就突然的把鐵門關上，然後開槍，然後一個一個的拿來吃，然後……想到這兒他全身又抖起來了，一隻手就不自覺的緊緊地捏住洪先生的衣角。

洪先生回過頭來對他看著，又低聲的說道：

「你看見那兩個黑人怕了？」

安安不自覺的點一點頭。

「不要怕，他們是不會傷人的，不要以為他身上帶著槍。他們也和那些印度阿三一樣可憐。白人在他們的家鄉，把他們征服了，征服了後就拿一些文明的衣服給他們穿，叫他們當兵打仗，做員警，還有替有錢人守夜，替主人當狗。」

「他們不會吃人嗎？」

「不會的，他們現在正給白種人吃呢！白種人也吃人的，不過他們不是用嘴巴吃。」

跨進鐵門後，就是一個花園，對著鐵門有一尊大炮放著，好像準備隨時隨地都可以放的樣子，大炮旁邊還有一輛汽車，不過汽車內卻沒有人。這許多人這時正給一個雜役似的中國人帶著，走過花園又走進一間大房子裡去。

「一個國家不幸亡國了，」洪先生繼續說道。「他們的人民便要變成魚肉，主人高興吃你就吃你，高興怎樣你就怎樣你。比方我們剛剛看見的印度阿三，和外面站崗的黑人兵，都是這種準備給人家吃的人，所以我們每一個人都要愛國，不愛國中國亡了，大家就會變成那些印度阿三和黑人兵了。……」

說著說著，在大房子旁邊，一個小房門就開了。有一個中國人出來接過那代表的檔就進去，進去後又出來，跟著便一個一個的叫著名字，把人叫進去，進去後還要交費，交了費才輪到到一個白種人面前，拿你自己的膀子交上去，讓他用一把小刀在那上面隨便的割了兩下，滴上兩滴藥水，才算完事。給這麼弄過之後，算是完了手續，於是他們又由原路出去，仍就搭著船回客棧了。

現在，他們是一天除了跑馬路，去碼頭看那個叫〇〇〇的船來了沒有之外，便沒有別的事情做了。但是照規定，他們還要在三天後坐小快艇過海，到那小島去給米米國醫生驗痘，如果痘沒有發足，便不准買票上船到菲菲島去。因為這個原因，在過了三天以後，他們又得坐在那小快艇上，到對面的小島上去了。

現在他們是驗過痘，又像上次一樣的，仍舊坐著小快艇回來，但是當快艇剛剛駛到半海，洪先生突然從他的座位上直站起來，用手正一正面上的洋鏡，驚喜地叫道：

「〇〇〇！〇〇〇！」

安安和同船的人，給他這麼不意的一喝，也都同時的吃了一驚。於是，也把眼睛朝洪先生看的地方看去。

過了很長一會，安安才看見洪先生叫的那個〇〇〇，這是一隻全身又長又黑，像一座山一樣大，有許多煙突的洋船，它這時正一邊嗚嗚的哭著，一邊開快了速度直駛進港內來。

「這就是〇〇〇！」洪先生還是興衝衝的叫著，又回頭來看了安安一眼。「我們就要坐它到菲菲島去的。」

安安看見洪先生這樣高興，自己當然也高興，還有許多人都同樣的高興起來。就是這樣一隻大船，他暗自想道，我們要坐著到菲菲島去了，忽然他覺得十二分驕傲了。

洪先生沒有騙人，他們果然要坐這隻〇〇〇到菲菲島去，因為在第二天清早，客棧老闆就來通知他們下船。下了船又怎麼樣呢？自然是開走了。

上了這隻叫〇〇〇的船後，安安不知怎的，突然頭昏眼花起來，這是怎樣的一座大城啊！在這大城中，人像毛廁內的蛆蟲一樣的擠著，聽說沿途還有新客人上來，這就叫人有點不敢相信了；但是洪先生卻告訴他說：

「你不要以為住在我們這艙裡的人，就是全船的人了，還差得很遠呢。要知道，在我們這兒，不過是一個四等艙，只是全船的一小部份，除它外，還有頭等艙，二等艙，三等艙，每艙都住著許多人。除了這些住客的艙子外，還有貨艙，貨艙是完全拿來裝貨的。除了這個貨艙外，你想還附有別的地方沒有？有的，它還附有一所電影院，每天都要分成幾次映電影，每個人只要你肯出錢，買票，便可以自由進去看了。除了這所電影戲院外，還有大餐廳。在這個大餐廳裡，每個人又可以自由的吃你所喜歡吃的東西，當東西送上面前，拿起刀叉想下手吃的時候，樂隊就會替你放送音樂，幫助你的胃消化。到了晚上，這所大餐廳一下子又變成咖啡館跳舞廳了，要是你高興，你又可以坐在那兒，喝你的咖啡，看當天在船裡出版的英文報紙，陪你的女朋友跳舞。跳舞要不要錢？不要錢，因為這兒是沒有專門靠跳舞過活的人，所以只出點咖啡錢就是了。除了大餐廳和跳舞廳外，還有什麼別的地方沒有？有的，那就是專門給那些喜歡運動的客人設的，因此便有許多游泳池，天氣冷時用的是溫水，天氣熱了就用冷水。去游泳也要買票的，要是你已經遊得非常非常倦了，想換一換別的口味，那麼就看電影罷！不，不高興看。跳舞呢？不會！吃大餐？肚子又太飽了。那要怎麼辦啊？好朋友，我告訴你，只要袋裡有錢，便什麼都不用著急，這兒還有許多種類的球場哩！……」

說到球的事情，安安可就不大敢相信了。大家試想一想，就算你的船有一座山這麼大，在船上踢球總是件不很穩當的事。因此，他就問：

「要是不當心踢到海裡去呢？」

「不會的，」洪先生解釋道。「不會踢到海裡去的，因為他們用的不是足球。」

不是足球又是什麼球？「是比較不費地方的那種球類，比方桌球、丸子球、籃球、網球，還有許多連我也叫不出的那種球。」

「這樣說來，這船裡不是有很多好玩的事情嗎？」說著，安安就想起了自己住的這個四等艙，實在太髒太暗了，要是能夠上去看看才好……

但是，別急，洪先生到這時又有話說了：

「不過，這些權利只有二等艙和頭等艙的客人才享得，我們是屬於所謂下等客人，跟人家運到別地去販賣的貨物一樣，是享不到這個權利。因此，在我們這個艙裡，雖然又髒又臭，光線又不好，也只得忍耐著，直到菲菲島的時候。」

洪先生的話說到這兒，就閉下眼睛，好像他剛剛話說得太多了，這時有點疲乏的樣子。安安雖然對這些東西很感興趣，想再連續的問下去，但是，他又怕洪先生會不耐煩，因此也只得閉上嘴不響。

船艙向外的窗子，已經慢慢的黑下去了，看樣子該是黃昏後了，船艙中很是沉寂，除了住在離安安隔壁不很遠鋪位上，一個大胖子的鼾聲，和海水敲打船板的聲音外，一切都是靜的。

安安和人家一樣，不久也就睡著了。在睡夢中，他忽然做了一個很奇異的夢，夢見他正趁洪先生和船中的人在睡覺的時候，悄悄一個人溜上船上的球場內去，在那兒放著許多種球，他就隨意的選了個足球來玩，想不到自己玩的太不當心了，用力一踢，把球直踢到天上去。球在天上飛著飛著就永遠掛著不下來了，而大風又正在把它送著，他怕洋人知道了會要他賠，心中一急哇的一聲，就哭了出來。……

二　船中的見聞

船走了兩個白天，兩個黑夜，船中的氣候跟著也就慢慢的變了，開始還是很冷的，像是冬天一樣，過後又變得像春天，微微有點溫暖，到第三天的晚上，忽然大家都覺得喘不過氣，熱度突然地高起來，於是船艙裡馬上就起了一陣騷動，有的忙著把棉被丟開，有的忙著脫去身上的夾衣服，有的甚至於赤膊打起紙扇來。

這是一個很奇怪的事，在這樣短的期間內，氣候為什麼會變得這樣的快？前兩天大家身上還穿上大衣，並且不時要叫聲冷，這時卻非弄到半身赤光不可了，這是怎樣怪的氣候？小朋友們，你們曾碰到過沒有？一定沒有的，但是我們這位主人公安安小朋友，卻的的確確是這樣碰到的。不過他對這種不是常態的變化，心內卻是十分懷疑，因此他便又去請教那位洪先生。洪先生看了他一眼，接著就又說出了下面一篇道理。他說：

「安安小朋友，這是一種自然現象，一點也不用奇怪的。為什麼呢？因為我們是生活在地球上，我們的船又正繞著地球走。原來在地球上又分做許多地區，每個地區又各有各的氣候，比方在北極地方，人家就叫它做寒帶地方，那兒是一年三百六十五日都是冰天雪地的，太陽每年也難得出一次。有的就叫做溫帶地區，長年的氣候是很正常的，分成春夏秋冬，冷熱不同的差別也很小的，比方我們的家鄉就是。還有一個叫做熱帶的地區，那是一年從頭到尾都是熱的，同夏天一樣，像南洋和非洲這一帶地區便是。我們現在要到的，就是這樣的一種熱帶地區。在地球上既然有這許多種不同地區，當然也有各種不同的季侯。我們是在溫帶地區下船的，而在下船時，又恰是冬天，所以我們覺得氣候是冷的，現在我們的船已經把我們從溫帶帶到熱帶地區了，所以氣候也隨著起了變化。」

正當洪先生在說著這些話時，突然有人從艙外的甲板上下來，告訴大家說：

「可以看見山了。」

「可以看見山了，」安安看見洪先生頓著，沒有把話說下去，就接著問。「是不是我們就要到了？」

「不錯，」洪先生接著說，一邊屈著手指算鐘點，「我們已經走了五十六個鐘頭了，照理是應該到了，說不定在今夜半夜就可以到。但是，安安小朋友，我且問你，你的大字（即入境許可證）呢？是不是把一切對話都念熟了？」

這個事，安安可就早已經忘記了，因此經過他這麼一問，好像突然給人家出其不意地擊了一拳，便老大的吃了一驚。

各位小朋友，知道安安為什麼聽到這句話後，會老大的吃了一驚？原來是，我們每一個中國人要到米米國屬的菲菲島去，一定要辦一定的進口手續，辦這手續最重要的部份，就是每個人要有一張「大字」，沒有「大字」的人，就買不到船票，要是你硬要買，甚至於偷搭上船，到了地方也上不了岸。各位也許要問：是的，不錯，每個人都應該弄張「大字」才能上岸，但是這「大字」又怎樣來的呢？作者本人就有過這樣一張「大字」，所以敢於負責的回答大家：那是要用錢買的。向哪個人買？向另外一個中國人買。為什麼呢？因為我們有許多中國人一生不做別的，就專門做這類生意。那麼這些「大字」是不是這些中國人私自印出來賣的？不是，他也得向另外一些中國人買來的。那麼，那另外的一些中國人，又向哪個要這些「大字」呢？向當地的米米國政府要來的。至於詳細原因，聽作書的人慢慢說來。據說在幾百年前，就有這樣的一個例子，規定：凡是到菲菲島開商鋪做生意的中國人，到了相當時間，年齡，明明是老婆還沒有討過，都可以到居留政府那兒去報，怎麼報法呢？比方說：「商人陳大頭，年五十四，在菲菲島某某地開設商店幾所，資本若干萬元，現因年老多病，不能多勞，擬將本人生在中國兒子幾人，女兒幾人，帶到菲菲島，一則盡天倫之樂，再則幫同主持商務，請你們大老爺查核並發給大字，男從幾歲到幾歲若干張，女從幾歲到幾歲若干張。」等等。除了這個呈子外，還得給官廳送禮，用錢收買米米國律師。請他們幫著爭好，現在是呈子給批准，「大字」也發下來了，這些「大字」的所有人，便可以自由處理，他或者真有兒女要過來，或者就把它交給專門做這類買賣的中國人，那類中國人又把它帶到中國來，到處去招買。做這類生意的人，叫做「大字」商，做這類生意的店鋪，叫做「大字」館。「大字」商出賣「大字」，不是一樣價錢的，普通是按照歲數算，每歲賣十二元到二十元，看情形來定價錢，歲數大的人就買歲數大的「大字」，出多點錢，歲數小的人，就買歲數小的「大字」，出少一點錢。不過，也有歲數大的人，不願多花錢，故意買歲數小的「大字」，因此，在這些到菲菲島去的中國人中，便常常發生了一些不幸的事情，比方說給配回國，或者關到水牢裡去等等。

情形既然如上面所說的那樣，到菲菲島去的人，就不能光明正大的用自己的姓和名字了。通常他們都要假裝自己是某一個人的兒子，或女兒，至於自己原有名字，不管是張三是李四都一概不准用，這些假的姓和名都要明明白白的在那「大字」上用米米國字寫著的。不管是哪一個人，到菲菲島去，都一定要把那假姓假名，假年歲，假籍貫，假父母的姓名、年齡，和做買賣的地方、性質背熟，不然就要發生困難的。為什麼呢？因為當船一靠上岸，米米國人就會下船來檢查你的「大字」，並且很嚴厲的查問起來，比方：

「你姓什麼，叫什麼名字？」說的是洋話，能直接用洋話回他更好，不能夠就會有人出來替你翻譯。

答詞也是寫在「大字」上的，也要你早就把它背熟的。

「今年多少年紀？」

「你家裡有幾個人？兄弟幾個？姊妹幾個？」

「父親叫什麼名字？」

「母親叫什麼名字？」

「他們現在在哪兒？做的是什麼生意？」

「你到菲菲島來做什麼？」

還有許多，都是在「大字」上早就規定好的。

米米國人在問話的時候，如果你答得流利，一絲不錯，那麼，他們就會隨便叫一個陌生人到你面前來，對著你說：

「你認得他？」

如果對方是男的，你就答是爸爸，是女的，答是媽媽，答了之後，跟著就要直接到他們身邊去，很親愛的叫了聲「爸爸」或「媽媽」，這樣，你的手續便完了，便得上岸去了。要是……

要是，你沒有把那些話背熟，或者偶然答錯了幾個地方呢？比方我們這書裡的主人公叫安安，而他的「大字」卻偏偏寫是洪大有，要是米米國人對著他的面前問：

「你叫什麼名字？」

他不答叫「洪大有」，卻偏偏答是「安安」，那將怎麼辦呢？那情形可就糟透了，米米國人不但會皺眉頭，還會搖著頭說：

「不對，你的名字不對，是假冒的，員警，給我把他關起來！」

這樣，我們這位只因為一句話答得不對，突然變得非常不幸的主人公，就得給關起來。

各位也許會很不平的問：「他沒做錯呀，只為一句話答不對，就該關起來嗎？」是的，就只有這一句話答錯，他就有給關起來的資格了。那麼，關到什麼地方去呢？關進水牢去。水牢是一個很高很大的監牢，設在離我們這位主人公安安要上岸的地方三十里外的一個小島上，它是專門拿來關最凶最壞的強盜，還有一些不准上岸的中國人的。一個人，如果不幸給關進水牢去，就會非常倒楣的，因為給人關在裡面，是很不自由的，吃的每天只有兩片麵包皮，睡的是在地下水門汀上，雖然只穿著很薄很薄的幾件衣服，晚上也不給被頭蓋，要是不當心傷風呢？那是你命該如此，活該！除了這個外，看守的人，還可以隨便用腳踢你，用拳頭、鞭子打你，要是打死了呢？那是你命該如此，活該！而且這個還不算是頂壞，頂壞的還在後面，不信嗎？你就聽洪先生在這時對安安還有一些別的人講的一個故事吧。

三　小黑人的故事

菲菲島原是一個好地方，氣候既適於種植，出產又極豐富，中國人在那兒辛苦地經營著，已經有一千多年歷史了。因為有了這一段的歷史關係，在當時，中國人和土人的感情都是極好的，中國人幫土人開發、種植，土人也給中國人以自由居住和應得的利益。兩方面的生活，就是在這樣友情的基礎上建立起來，所以過得很自由很快活。想不到在一千五百二十一年的時候，這個世外樂園忽然出現著許多牙牙國人，過後又來了米米國人，他們都一樣是些貪心的小氣的傢伙，想用自己的嘴巴，一口吞下這兒一切利益。但是中國人在這兒，因為有一千多年的歷史，人既然多，所占的利益也極大，差不多所有重要的工商業，都握在他們手裡。米米國人對於中國商人這樣大的勢力，顯然是很害怕的，但是這些中國人又都是很善良守法的，他們又不能無緣無故的禁止他們做買賣，或索性就把他們趕走。這樣他們就開始憂愁起來了，但是想來想去想了很久，都想不出一個好辦法來。就在這時，在一群米米國統治者中，忽然出現了一個聰明人，他自稱是一個專家，對於移民政策有很深的研究，便給他們駐菲菲島的總督貢獻出一個好計謀，這個計謀是什麼？就是移民法。

移民法開始實行起來了。當它初初實行的時候，非常厲害，已經在那兒住著的人，有許多就給藉口趕了出來，打算著去的人，也一批批的去了又給擋回來。但是我們知道，中國人是有耐性和忍受一切恥辱的美德的，因此你趕走了他，不給他上岸，他卻偏偏不管這許多，第一次失敗了，就進行第二次；第二次失敗了，又進行第三次。這樣一來，把那些想實行移民法的米米國人，也弄得毫無辦法。但是不久，那個聰明人又想出對抗的新辦法了，他叫政府在一個四面是海的小島上，建了一個水牢，這個水牢建得那麼堅固，四面又是水，叫你就是有翅膀也是飛不出來。不久，他們又派了一個黑人，到那兒去做看守長。這個黑人看守長在白色的米米國官員命令底下，用著一切最壞最不人道的手段，來對待中國人，他們可以任意的打你，吊你，以至於把你投到海裡去。

那水牢建起來是做什麼用的呢？是拿來關那些想到菲菲島去做生意的中國人的。他們開始的辦法是：凡中國人想到菲菲島去做生意，他們便不管三七二十一，到了就關，關了就用許多方法去虐待，叫你受不了，自願回國。但是在我們中國人中，偏偏也有許多就是你用再壞的方法去虐待他，他也毫無怨言的受著。因此，在那時，就有許多人冤枉死在水牢中的。

凡做中國人的個個都恨這個水牢，但是有什麼辦法反對呢？我們是一個弱國，老百姓也拿不出更大的力量，眼看著許多好人在受苦，也只好咬緊了牙關忍耐著。

這樣過著，過著，就過去了很長的一段時間。

可是有一次，一件非常可怕，哄動幾十萬中國人的事，忽然就在那水牢裡發生了。

原來是有一個中國的青年女人，她和她的丈夫結了婚，不到一個月，她的丈夫就一個人到菲菲島去，過了六年卻一直沒有回過家，看樣子也不想回家。一個人在外面，這樣久不回家，無論如何總是一件叫人擔心的事，因此她就開始懷疑起來，懷疑他一定是在菲菲島做不規矩的事，私自討了土著女子做老婆，把結髮妻子忘記了。便兀自私下一番決心，要一個人神不知鬼不覺的跑過重洋去找他。她在這樣決定之後，便毫不遲疑的把家裡的幾畝田地賣掉，拿一部份去買「大字」，另一部份留著作路費，恰巧同鄉也有一個人要過去，她就瞞著他說：她丈夫特別叫她找他做伴走的。那個鄉下人，見是自己鄉親，又是她丈夫特地信託的，也就很高興的答應了。

他們一點也沒阻撓的，就到了菲菲島的海岸上。但是，這時有一個問題突然的發生了，那就是她是一個新客，又沒有人出來擔保，照那時的規矩，便給判著去坐水牢。各位可以想得出，當她知道這件事的時候，她是多麼傷心失望啊！叫她仍舊回國去嗎？她是死也不願意的，丈夫就要找著了，為什麼要回國？不回國就只好去坐水牢了，坐它這麼三個月半年，有人出了錢來擔保，再放出來。她很傷心地哭著，叫著，又在地上跪著，對那些米米國人磕頭，但是一點結果也沒有。沒辦法，她只好收住眼淚，跟著米米國員警到水牢裡去了。

到了水牢後，因為她是一個女人，馬上就給關在一間單人房裡。這間單人房，是很偏僻靜寂的，平常時很少人來往走動，隔壁雖然也有和她住著的同樣房間，但是因為久已沒有女人敢到菲菲島了，所以一直空著。她一個人，在那房裡又寂寞又悲哀的住著，一過就是半個月，她是多麼想看見生人，或者和他們談談話啊！但是，沒有，除了一個滿面橫肉的看守兵以外，便沒有別的。

可是，有一天卻忽然來了一個又高又大的黑炭頭，關於他，我在上面曾介紹過，想各位還記得。

這黑炭頭，在米米國是宰豬行老闆，現在來做看守長是很合適的，因為他懂得怎樣用對付豬的虐待手法來對付人。在平常時，你總見他在生氣，在打人，罵人，從不見他在囚犯面前露過一絲笑容，就只一次也沒有過。可是這時他一邊虎的搖著他打人的鞭子，一邊走了過來，看見那個中國女人後，可就開始露出了笑容。他開了房門進去，就對著她說（自然是用一種不三不四的中國話，我們知道很有些米米國人，會說不三不四的中國話的。）：

「我是這兒的看守長，看守長就是王，（米米國人是很喜歡把自己的官職硬稱上王的，比如海關的移民司長，不過是一個很小的官職，他卻自稱是水口王了，你們想好不好笑？）王是好人，好人看見你天天哭，難過。……」

那個中國女人，從來沒見過像這樣的人，這一次突然的看見了，這一嚇可非同小可，因此她差一點就要暈過去。她以為是見了鬼，或者是這兒突然的出了妖怪。不過她當時還好，沒有像那些嬌嫩的城裡人一樣，動不動就要暈倒過去，只是一顆心跳得十分利害。

「你來菲菲島做……？看你丈……？愛人？……」他對於自己能夠在一個中國女人面前說出這樣的話，感到十分得意，因為當他把這些話吐了出來後，馬上就要咧開大嘴哈哈的笑了。「我好人，不打你，安心……」

說著，他用力的把皮鞭在地底下啪的打了一下，就走了。他一路走著，一路就起了一些很壞很壞的念頭，因為他從沒看見中國女人，像這樣漂亮的中國女人，更是第一次。

第二天，他又來，說著和第一天同樣的話，因為他一生所學，只有那幾句。

第三天，也是一樣。

第四天，也是一樣。

到了第五天，他命令那個看守的走開一會。開門進去後，全身就像發了寒熱病一樣，沒有說過一句話，就直朝她衝過去。這一衝是誰都想不到的，怎怪她不嚇倒呢？因此，她馬上便失去知覺。

等到她醒轉來時，那黑炭頭已經走了。

她看著自己給撕破的衣服，就大聲地哭了起來。但是，哭有什麼用？那個黑炭頭已經不敢再來。她哭也沒人聽見，更不會有人去可憐她，因此她就想自殺。

在上面，我忘記了告訴大家，就是那位和她同行的鄉親，並沒有給關進水牢去，因為他已經不是一個新客了。那個鄉親，既然知道和他同行的人，給關到水牢裡去，就特地走到她丈夫那兒去報訊。她丈夫是住在洲府，聽見了這消息，當時就十分吃驚，這實在太出人意外了，便連忙帶著錢趕到設水牢的城市來，但因為地方過遠，他一直走了半個月才走到。

他到了那城市後，花了許多錢，又對米米國人說了不少好話，才勉強把她保出來。她原本是決心自殺的，現在會到了丈夫，又從他口中知道他還是一個人生活，沒有討土人女子做老婆，並且心內也十分想念在家裡的妻子，因此她又臨時改變了計劃，不再自殺了。至於說到清白問題，她給黑人強姦的事情，除了她和那黑人，是沒有人知道的，只要她不說，黑人自己也不會說的，便永遠沒人知道了。這樣，她就自己拿定主意，永遠要把這件不名譽的事瞞著他。

這樣過著，又是幾個月了。

忽然，她覺得她的身體十分的不舒服，去請醫生看病，才知道原來肚裡已有了孩子。有了孩子，在一個做丈夫的看來，是一件非常可喜的事，他相信這個孩子是他的，她也毫無異議的相信是這樣。這樣相信著，他們一閑起來，就拿自己未來孩子的事來談著消遣，比方談到他是不是男的？會不會聰明？樣子到底像爸爸還是像媽媽等等。總之，他們孩子還沒生出來，夫妻兩個人就已非常喜歡他了，把自己的全部希望都寄託在他身上。

這樣過著，又是幾個月。

日子到了，那個女的肚子便一陣一陣的痛了起來，說明了小娃仔快要出世了。做丈夫的見時候已經到，就趕著出去請收生婆，收生婆一到就馬上動手準備，可是在這時，誰也想不到在五分鐘或十分鐘後，會發生一件震動幾十萬中國人的大事。這到底是怎樣的一件大事？原來那個女人把孩子生出來後，就要求她丈夫抱給她看一看。從孩子生出後就突然變得非常沮喪和悲哀的丈夫，卻一味躲閃著不肯。最後惹得她發起脾氣來了，他才勉強把孩子抱給她看。當她把那初生的嬰孩接到手中，並且看著他第一眼的時候，全身忽然像觸電似的，抖索了起來，跟著又大喊一聲：「天啊！他原來是一個黑的！」便昏過去了。

聽的人，跟著這一喊，也個個吃驚的睜大眼睛，互相對望，好像都在對著對方說：這個實在太想不到了！但是卻沒有一個說出聲來，頓時在四周，就突然的靜寂起來。

「後來又怎樣呢？」過了好一會，才有一個人出來低聲的問。

「後來嗎？」洪先生重複著說。「後來嗎，你們再聽著。……」接著，他就又講下去。

那個女人後來就給人救醒了，但是她卻傷心的哭著，昏倒了。再後來便這樣：昏倒又救醒，救醒又昏倒。一直到第二天，她的丈夫忽然發覺，她的房裡突然的靜寂下去，一點聲息也沒有，他以為她睡熟了，但是等了許久還聽不見有聲響，並不像是睡熟了的樣子。他越想越覺得不對，越覺得不對，心中就越恐怖。最後，他什麼也不想管了，一跑就跑進她的房裡去，當他剛跨進門，天啊！情形是完全的完全的變了，那個女人用褲帶在床上自己吊死了，那個小黑炭也一樣。他大聲的叫著，哭著，直朝屍體撲了過去，可是經過這一撞，卻無意中在那小孩的身上發現一張紙條，這是她在死前親自動手寫的。在那紙條上，她寫了她在水牢裡所有的經過。

到了這個地步，就是再笨拙再忠厚的人也會忍不住的。你們在這時，可以想得到那個做丈夫的，當時是怎樣地瘋狂啊！他到處拿他老婆留下的紙條給人家看，報告這事的經過，並且請求每一個中國同胞的援助。就這樣，消息一州傳過一州，一個人傳過一個人，不久連中國報紙也把這事登了起來。平時受虐待的人，也想利用這機會來發發心中的積怨，因此當時情形就變得非常嚴重起來了，幾十萬中國人聯合一起的團結起來了，他們公推著代表，開會，發宣言；有些青年，甚至於在街上三三五五的結著群，一碰到米米國人，不管他是不是那些壓迫中國人的壞蛋，抓到一個就打一個，只要你隨便抓住，隨便喊聲打，總會有幾百人圍上來幫你的。

風潮一天天的擴大，打架的事情也一天天的多起來，雖然也常常有那些好事的青年給抓去關在牢裡，但是中國人都異口同聲的叫：

「看你關吧，我們有幾十萬人，看你關得了！」

的確也是關不了，這地方剛剛抓去幾個關起來，跟著就有另一個地方發生新事情。這樣一鬧，把那些最凶最壞的米米國人也給鬧怕了，不久，他們便不得不宣布他們願意讓步了。

剛要來做新客的各位，你們不要以為現在這樣待遇，已是挺壞挺壞的了，其實拿從前來對比，真不知道已好過多少倍。現在是，你們有了可疑的地方，或是生病了（比方上岸時害著眼病，或是臭頭，染有傳染病等。），才給判去坐水牢，從前卻不同，凡是中國人，凡是來做新客的，不管三七二十一，一到都要給關進去的，因此，我們現在無論誰，都應該感謝那個不幸的中國女人的。……

四　不准上岸

洪先生剛剛講完故事，又有人從甲板上下來，對大家這樣宣布著說：「船已經到了港口，可以看見岸上的燈光了！」

這句話，好像是一劑最有效的興奮藥，登時叫大家都大大的興奮了起來。原本是睡著的，這時也醒了；原本是醒著的，便紛紛披上衣服，要到甲板去，看是不是真的到了。

「安安小朋友，」洪先生看見安安也很躍躍欲試的樣子，便對他說。「你也想到甲板上去看看？」

安安是早就恨不得洪先生說出這句話的，因此他便很肯定的點下頭說：：「我想去看看。」

「那麼，」洪先生接著說。「我陪你上去走走。」

這樣，他們就爬上艙面的甲板。

甲板上，燈光十分暗淡，好像還沒有睡醒的樣子，當他們上來時，已經有許多人先在那兒了。他們站著，靠著，或者慢慢的踱著步，有的在談笑，有的在抽煙，還有些是在罵米米國人的，真是各式各樣都有。

洪先生帶著安安，選好了地位，憑著欄杆靠著，接下就誰都不說話，欣賞起海岸上的風景來。這時是在深夜十二點鐘，天是黑的，雖然有些星光，也是很暗淡的，除了岸上輝煌照著的燈光，和這燈光照在水上的倒影，以及一些洋房子，便什麼都看不見了。照著燈光的海岸，似乎很長，這時已經把他們面前的海三面包圍起來了，而他們坐著的船卻還在走著，開快了步伐在走著。

「現在，」洪先生低聲的說。「我們已經進港了，不過還得等海關的引港船，沒有他們的船來引港，我們是不能靠岸的。」

「什麼時候才有引港船來？」

「一亮就來了。」

說著，船突然嗚嗚的拉起破嗓子，哭了幾聲，便停著不動了。恰在這時，已有些人覺得再沒有什麼可看的了，便下艙去，洪先生便也拉著安安，隨著下來。

當他們回到艙裡的時候，第一個給安安感到不同的，就是有許多人都突然的忙了起來，他們有的在打鋪蓋，有的在換衣裳，有的在檢查行李，真是各式各樣都有。安安看著洪先生一眼說：

「我們要不要也把行李打起來？」

洪先生搖著頭說「且慢，我想還是把你大字上的對詞拿來對一對罷。」

這樣，他們就在鋪位上坐好，安安把「大字」交給他，洪先生是認得幾個簡單洋字的，因此，他就對著那「大字」上的洋字，開始裝作「水口王」，和安安對起話來。不過這一次對話，成績卻是出於他們兩個意外的壞，因為安安十分害羞，加上慌張，人一慌張，心就會跳起來，心跳了便容易影響腦筋的記憶，因此在頭一次對話的時候，一錯就錯了好幾個地方，第二次稍為好了一點，卻也錯了兩個地方，看樣子第三次會錯下去的。不過，洪先生卻不願責備他，只勸他不要慌張，只要不慌張，就是再大再大的事，也容易應付的。

安安很想流淚，因為他是那樣地慌，那樣地急，要是在洋人面前，突然有一個地方答錯了呢？要是他們要把他關進水牢裡去了呢？他的眼淚又要滴出來了。

「不要那樣，」洪先生說。「把眼睛哭紅了，會招麻煩的。」

這樣，他又把眼淚硬忍住了。

話還是對著，錯的地方還是有，因為洪先生說：要不是到了一點錯處都沒有，他是不肯放鬆的。他們就這樣你一問我一答的對著，一直對到天亮。

「好，」洪先生溫和地說，「現在我們可以換衣服，打鋪蓋了。」

當他們把一切小事都備辦好，就有一個中國茶房走到艙裡來鳴鑼，他用廣東話，這樣大聲叫著：

「驗疫官來了，請大家上艙頂去驗疫。」

聽不懂他廣東話的人，就莫名其妙的對望著，並且低聲的說：

「你知道，他說的是什麼？」

「我也不知道，他說的是廣東話，真該死，也不管別人聽懂聽不懂，就用那種話叫了起來。」

但是，洪先生卻是聽得懂他的話的，因此他就拉著安安，並且低聲的說：

「上艙頂去罷，海關派了醫官要來驗疫了。」

這樣，他們就跑上艙頂，並且自動的和一些亂七八糟的人排起隊來。在艙頂走廊傍邊，當他們排好隊，有一道鐵門忽然開了，並且跟著就出來了三個穿白衣服，帶醫具的米米國醫生，另外在他們後面，還跟著四個穿黃制服的員警。

他們在鐵門前站住之後，就有一個像是頭目的人，出來喊了一聲什麼洋話。

聽懂的，就朝走廊那邊向右轉過去；聽不懂的，還在呆呆的站著，不過看見人家轉了，跟著也轉；也有些自作聰明的，以為自己是聽懂洋話，把人家的右轉弄成左轉了，結果就有好多對人，同時相對的轉過來，以致把鼻子對鼻子的碰了起來。聰明人總不肯承認自己錯的，他以為錯的都是別人，所以跟著他就大聲的，恨恨的怪人家不是：聽不懂就索性站著不動得了，為什麼要這樣亂轉。對方聽了這些話，也不服氣，便回了他幾句：「錯的是你，還是我？」「老子是老洋客，不像你們新客，會轉錯？」於是乎糾紛便起了，有些人在後面助威：「退到一邊去打就是了，何必在這兒叫吵！」有些人就開始叫　：「他媽的，在外國人面前還在鬧！」糾紛便這樣你一句我一句的擴大開來，直到了那一個頭目又出來了，用洋話恨恨的叫嚷了半天，又跑到那些生事人的面前打了幾個巴掌，才算完結。

糾紛完結了以後，站在前頭的就開始拿自己的嘴巴、眼睛和頭顱給米米國醫生檢查。這三個米米國醫生，分工分得很好，他們有一個用一根玻璃管插進你的嘴，檢查你的溫度，另一個就用一根白銅的什麼東西，直插進你的眼睛裡面，是眼球都凸了出來，最後那個才伸手來摸你的頭，看是不是長有什麼傳染病沒有；如果沒有，那麼好，他就提起一隻皮鞋腳在你的屁股上狠狠一踢，嘴裡還叫著一聲「OK！」推進走廊的鐵門內去。給踢了一下屁股的中國人，一手忙著去擦給那根怪東西弄傷了的眼睛，像是哭著一樣，一手便去摸那給踢傷了的屁股，卻還要笑嘻嘻的回轉身來，站好，向他們打一個鞠躬。第一個人這樣做了，第二個人也學著，第三個人也是一樣，結果是所有的人，都以為這是對洋人應有的禮節，照樣的做了。

這些洋禮節做完了，米米國醫生就下一隻小汽艇去，而大船跟著也在它屁股後開動起來。不久，他們就到一個碼頭，在碼頭上有一長列很高很大的洋房子，房子上寫著像人這麼大小的許多洋字，安安不懂洋字，不知道它寫的是什麼，但是洪先生卻懂得一點，所以他就說：

「這是海關。」

在海關的大房子外，就是在這船靠著的碼頭上面，有許多人，這些人都是苦力打扮，這時正閒散的在等著從這船艙中起貨，還有一些衣服整齊，不像工人模樣，卻也一樣閒散，他們是來這兒等接客的。

「我們是不是要在這兒上岸？」安安把這些情形看了一下，就問。

「是的，」洪先生回答。「大家都要在這兒上岸。」

正說著，船就在碼頭上靠著，跟著那個說廣東話的中國茶房又來了，他照樣一邊敲著鑼，一邊叫道：「拿出大字來啊，水口王來了，大家去驗大字啊！」

登時所有的人，都從身上把「大字」拿出來，接著人又一個一個的朝二層艙面走去。當洪先生和安安剛好上到那兒的時候，已經有許多人擠著了，在通到岸上的鐵梯子旁邊，一字排的放著三隻臺子，坐了三個米米國人。在臺子前面，又端端正正的站了一排員警，他們中有的拿著鞭子，有的掛著手槍，好像隨時隨地都可以打人開槍似的。

在這個十分嚴重的陣勢前面，大家雖然已經很冷靜，懂得守秩序多了，但是時時還能聽見低低說著的話聲。

「是不是那個傢伙最壞？」

「是的，就是坐在中間的那個，他們叫他做水口王的。」

擠著的人已經很多了，在後面還不斷有新的來。全船的人，除了不是中國人的，除了坐頭二等艙的，除了那些不想在這兒上岸的，一切人都來了。因此這兒便有大人、小人、男人、女人、瘦子、胖子，有方面孔，也有長面孔的，真是各式各樣。這些人，照中國人的老習氣，又都是很性急的，急什麼？急上岸去啊！

早點上岸去，哪個不想！於是站在前列的，恨不得人家趕快做完，輪到他；站在後列的，恨不得再擠前幾步。於是列在後面的，就朝前盡擠，列在前面的，給後面人這麼一擠，便立足不住，直衝到那一字排三隻臺子跟前，而且險點兒就把那臺子連坐著的人都擠倒了。這個實在叫人太難堪了，米米國人最講的是秩序，你這樣不守秩序怎麼行呢？中國人真該打！於是那個叫水口王的，就睜大了眼睛，偷偷的向站在他旁邊的員警丟了一眼，好像是這樣說：「你站著幹什麼的，還不出來維持秩序！」於是，員警的臉就紅了起來，並且開始回過頭，對這些還在擠著擠著的中國人，用洋話叫了聲什麼，手中的皮鞭跟著就像飛也似的在他們的頭上面虎虎的響起來。給打著的中國人，連忙縮短了頸子，用手護住頭，大聲的叫著、哭著朝後面擠；站在後面的，看形勢不好，也就急急退開，想法掩蔽起來；有些來不及退開的，可就倒楣死了，他往往就給擠倒在地，雖是喊著救命，也沒有人願意理會，還照樣的在他身上踏過去。秩序隨著員警手中的皮鞭停下也定了，那些米米國人彼此很得意的看著，笑著，又擠了擠眼，才又繼續著他們沒做完的工作。他們的工作是很簡單的，先有一個土著翻譯，來收他所能收到的中國人的「大字」，他拿了那「大字」去後，就去交給「水口王」，「水口王」再一個個的對著「大字」叫名字，翻譯又用他半通不通的中國話翻譯一遍。比方這時，那位「水口王」正看著一張「大字」他的嘴巴輕輕的在翻譯旁邊動了一動，翻譯就急急把它翻成中國話，並且高高的提起嗓子叫道：

「王大頭！」

那個叫做王大頭的，就要在人叢中急忙的回答：「王大頭有！」接著，就自動的擠出去，直挺挺的站在「水口王」面前，那個「水口王」就用很兇惡的眼睛，把他看了一眼，然後一邊看著他手中的「大字」一邊問著我們曾在上面介紹過的那些話。要是他答得對，沒有一絲可疑的地方，他的假爸爸就會給叫了來帶他下船去；要是他答得不對，有許多地方可疑的呢？那麼，那「水口王」就要吩咐員警把他扣留起來，關進船裡的一間房艙裡去了。

洪先生和安安，已經在人叢中站了將近三個鐘頭，人擠，氣候又熱，加上剛剛曾被米米國人無原無故的打了一陣，安安的心中已先慌了一半。要是他們不准他上岸，要是他們把他關進水牢裡去？現在他還是一個自由人，米米國人已經對他這樣虐待了，假使他被關進了水牢去，成一個不自由的人，那真是不堪想像了。他這樣想著，覺得十分苦惱，而且越想越苦惱，越苦惱就越慌張。終於，到了人家在叫：

「洪大有！」

「洪大有！」

「洪大有！」

他也忘記了答：「洪大有有！」好在洪先生在他旁邊狠狠的推了他一下，才含含糊糊的答聲很小很小的「有！」接著又踉踉蹌蹌的給洪先生推出人叢外去。他這時全身好像給放進冰窖一樣，腦子在想什麼，人在什麼地方，他通通忘記了，要不是這兒人多，還有洋人，他一定會哇的哭出聲來的。

好容易他才忍住眼淚，又好容易他才站在那個「水口王」面前，但是當人家對他問著什麼的時候，他卻張大了嘴巴，不知道答些什麼好。

那個當翻譯的，看見他年紀還小，禁不起恐嚇，開始時很和氣很低聲的問：

「你叫什麼名字？」

安安睜大了失神的眼睛，望著他不知道答什麼好。

那個當翻譯的，以為自己聲音太小了，他聽不清楚，於是便略為高一點說：

「你叫什麼名字？」

安安還是睜大了失神的眼睛，望著他不知答什麼好。

「糟糕，我碰到一個聾子了，」翻譯暗自這麼想，便俯下身去，並且附在他耳朵旁，鼓足了勁，大聲大聲的喊道：「你叫什麼名字？」

不得了，聲音喊得太大了，安安禁不起這樣的驚嚇，可就哇的一聲哭了起來，眼淚像兩道噴泉一樣的直噴出來。當翻譯給自己這一喊也弄得精疲力竭的時候，他就搖搖頭說：「不行，這是一個呆子！」又把頭俯在那「水口王」耳邊咕嚕咕嚕的說些什麼，「水口王」把頭點著，又看了站在旁邊的員警一眼，便開口叫起另一個人來了。

兩個又高又大的員警，同時走近安安身邊，伸出手來要抓他的膀子，但是安安卻用力的抵禦著，並且更大聲更大聲的哭了起來，好像死了爸爸似的。員警看見這個孩子這樣凶，不聽話，可就要動氣，拿繩子出來了，安安早就知道他們會有這一著的，也準備倒在地下打滾。但是正當這萬分緊急的時候，洪先生忽然在人叢中，大聲叫道：

「安安，你跟他去，不打緊，我上了岸會通知你舅舅來保你出去的。」

直到這時，安安才想起自己原來還有一個舅舅在菲菲島，他為什麼會來菲菲島呢？就是為著要找他，既然有舅舅做靠山，還怕什麼，要去就去，有什麼好怕的？於是，他用手背擦乾了眼淚，就對那兩個米米員警說：「去就去，我不怕！」

這樣，他就給關進船上的一間小房艙了。

當安安跨進那房艙，才知道給關著的不只他一個，還有許許多多人，其中有男人也有女人，還有和他一樣大小的小孩，他安心了。在這些給關著的人中，有許多這時是在哭著、咒罵著的，但是他沒哭，反覺得人家在這時哭，是很丟臉的。為什麼要哭？要關就關，怕什麼！坐在安安旁邊，有一個年輕女人，哭得很厲害，將所有人的哭聲都給掩住了。安安轉過臉對她看著，馬上就想起洪先生講給他們聽的小黑人的故事。他想：這個女人會哭得這樣厲害，一定是因為她自己實在不願意生小黑人的原故。……

五　舅舅

有許多人上岸了，所以船內便變得十分空虛。

安安剛剛因為有點疲勞，閉下眼睛睡了一會，現在醒轉來了，他就張開眼睛向四周看著，覺得人數又增加了，暗地裡數一數，一共四十九個，不多不少的四十九個。雖然人數不少，可是卻沒有一個哭。他想：「在這麼多人面前哭，那才丟臉哩！」可是他卻忘記了自己剛剛曾當著許多人面前哭過。

房艙內十分靜，外門忽然嘩啦嘩啦的響了起來，他尖著耳朵聽，才知道原來有人來開門上的鎖。跟著，門啊的一聲開了，有四個員警給一個頭目帶著進來。那個頭目向大家看了一眼，又一個一個的數著，到後來，便開起口說了一句什麼，很多人沒有聽懂，就面對面的對看著。可是，也有些聽懂的，他們便提起足自動朝門外走去。

安安暗暗的在心裡想：「一定是送去水牢裡關，完蛋了！」但是，他卻也毫不遲疑的跟在大家背後走去。他們重新走到艙面甲板上，又沿著扶梯一個個上岸去。到了岸上後，他才知道給關起來的，還不只他們四十九個，在別的地方，還關著許多哩；因為他們馬上就看見有另外一群人，也和自己一樣的被員警從別的地方押了出來。現在，所有要給關進水牢去的人，都在岸上會齊了，頭目又向他們叫了一聲什麼，聽懂的便低聲的告訴別人：

「快排起隊來，不然他們又要動手打人了！」

隊伍很快就排好了，頭目又用同樣聲調，叫了一聲什麼，聽懂的人又低聲的告訴別人：「報數，一個個的報下去！」

於是乎，他們又像軍隊一樣的報起數來。

報數之後，那些數量越聚越多的員警，就分頭的出動，分開幾個地方，逐個的伸出手來，摸進這些囚犯的衣袋，他們對於搜身這件事似乎很熟練，很有研究，因此從衣領直到鞋底都很快就搜遍，就是女人也沒有兩樣。如果有什麼給搜到，他們便會不管三七二十一，是鈔票，是金錢，是自來水筆……什麼都好，有一件便拿去一件，直到你身上全赤光，分文不留，頭目才發出新號令，聽懂的人便又低聲的告訴了大家：

「現在，向左轉過去開步走！」

他們就這樣，像一群要給趕進宰場去的豬玀一樣，很馴良的給押解著，在大太陽下，朝一條細沙路上走去。到底走了多少時間，多少里路，誰都沒法計數，只是覺得每個人身上都給汗淋濕了。他們好容易才給押到一幢比剛剛看見的海關還要高、還要大的房子，跟著卻又給分成六七個地方關起來了。從清早到這時，他們暗暗在心裡算著，已經有十個鐘頭了，但是卻沒有一個能夠弄到一片麵包或一滴水進口的，因為沒有人拿給他們，而他們自己也拿不出錢來買。大家給餓著渴著，就開始詛罵起洋人來了。但是這有什麼用，也不過是自己安慰自己罷了。

他們就這樣過著，過著，不知不覺地又是很久了。

當大家都覺得事情已經絕望，覺得身上疲乏，想閉下眼睛睡覺，忽然嘩啦嘩啦鐵門又響了起來。於是所有的人就同時的醒轉來，一齊睜開眼朝門那邊望過去。

門在幾十隻眼睛的注視下，慢慢的開了，有一個又高又瘦，五十歲左右，面上留著兩撇小鬍子，頭上戴一頂已變成深灰色的白草帽，穿一身很古老很可笑的白洋裝的中國人走進來，因為他人長得太高，門又太低了，所以他進來時，便不得不俯著腰，先伸進頭，然後再跨步進來，跟在這個奇怪的中國人後面，還有一個米米國官員。

奇怪的中國人，走進門後，就開始向每個人的面上看，看著，看著之後，又回過頭去和那米米國官員低聲的說了一些什麼，說過之後，便又來向大家的面孔一個一個的看。

就這樣，所有的聲音都靜下去了。他看著大家的面孔，大家也看著他的面孔，對看了很長的一會之後，那老中國人就忽然的開起口來說話了。他說：

「請問你們哪位叫做安安？」

安安不認得這個人，不敢回答，他怕是米米國人用的狡計，叫他去上當。

「你們哪一位是叫做洪大有的安安？」

這時，既然有人家知道，洪大有就是安安，安安就是洪大有，還有什麼可推諉的，還能逃得脫？他有點絕望，便不得不自己站起來承認了。他很低聲的說：

「我就是，我就是洪大有啊！」

「你就是安安？」老人直走到他面前去，面上露出很高興的神氣。「你就是我那個好安安？」於是就伸出兩隻又長又瘦的手緊緊地摟住他。可是，當他和這個小孩子親熱了一會之後，忽然就想起了還沒把自己介紹給他，於是，他就補著這樣說：「你認不認的我？」

安安搖著頭，但沒有說出聲。

「我就是你的舅舅。」

「舅舅？」安安聽著，差不多要跳起來了。「你就是舅舅？」

舅舅微笑著，拿右手去摸他唇上的小鬍子。

「我就是舅舅，我來保你。……」

現在，所有惡劣情形，都一下子改變過來了，安安找到了他的舅舅，不怕洋人會把他關到水牢裡去了。但是還有那別的許多人呢？也許他們也都有舅舅，等一會就會來把他們保出去的。

舅舅把自己的鬍子摸了好大的一會，眼睛沒有離開安安一下，他看見自己有這麼大的一個外甥，似乎很是驕傲。當他把他看得已經滿足了，就拿那隻摸鬍子的手，去摸他的頭，並且說：「媽媽好嗎？」

「媽媽好。……」

「你給他們關著哭了沒有？」

安安臉紅著，不敢說自己哭過，也不敢說沒哭過。

「哭是一件丟臉的事，關一關有什麼關係，舅舅從前也曾給人家關過，可是沒哭。」說著，舅舅又回過頭去對大家看著。「我們鄉裡人沒有別的人和你一道來？」

「只有一個洪先生……」

「我看見他了，」舅舅點著頭說。「你還有別的事？沒有，我們就回去。」

當舅舅和安安走出那道門，那個跟在舅舅後邊的米米國官員，就重新把門鎖上，然後又跟在他們屁股後走，走啊走的，不久就走進一所大房子。他們在那大房子裡，一間接連一間的走過，那些大房子內，真是熱鬧極了，電扇呼呼的叫著，打字機怕它寂寞也滴滴答答的陪著，除了這個外，還有許多穿白衣裳的人。看來大家都很忙，可是一見了舅舅和安安走來，就都站起身來，向他們鞠躬打招呼，舅舅也輕輕的動一動頭上的草帽，回著禮。終於，他們走出大門了，那個米米國官員還陪著他們，當他們要分手的時候，舅舅就伸手到衣袋裡去拿了幾張鈔票一樣的東西，塞在那個人手裡，那個人接著，連看也不看就塞進自己的衣袋，跟著又是一個很深很深的鞠躬。然後便回轉身走了。

這時，就只有舅舅和安安了，他們在石階上站了一會，就有一輛用馬拖著的車子，自動的走到他們跟前。

六　關於舅舅的幾件小事

舅舅和安安坐在馬車上，馬車正沿著一條兩旁都是梧桐樹，很光很滑的馬路走去。

舅舅還是那樣得意，用一隻手摸著唇上的小鬍子，可是已經很少說話了，也不大用眼睛來看人，這使安安能夠利用這機會，壯著膽靜靜的來觀察他。在他看來，舅舅的確是一個很古怪的有趣的人。本來像他這樣的身段，留著那樣的兩撇鬍子，再配上一嘴金牙齒，已經是夠難看了，可是，當他上了馬車，為了要風涼而拿下頭上的草帽時，安安看見他頭上還盤了一條辮子，這種辮子很久已經沒有人留了，但是舅舅卻還留著，這使安安想起了家裡人常說的話：「舅舅是一個守舊的、頑固的人物！」

說起舅舅，有趣的事可多著哩，不信嗎？那你聽著就是了。

舅舅原本是一個種田人，在十幾歲的時候，就隨著一個親屬到菲菲島去，那時正是滿清時代，每個人都要在頭上留一條辮子的，舅舅當然也不能例外。不過後來滿清給打倒了，換了民國，大家都把辮子剪去，他卻還照樣留著，要是有人勸他剪，他就說：「頭髮是從父母肚裡帶來的，跟滿清民國有什麼關係？」結果還是照樣留著。

舅舅因為從小在家裡勤儉刻苦慣了，到菲菲島後，也沒有改變他的舊習慣，在這幾十年中，他做過打雜的學徒，做過小廚子，後來自己積蓄了一點錢，就去買一條水牛，頂一輛破牛車，開始趕起牛車來了。在平時，他總是按時間出門，坐在大牛車上趕著牛，從這一家貨棧到那一家貨棧，去兜攬生意。承包了貨後，就從這條街運到那條街。他做人既然老實，做買賣時價錢又公道，所以他的營業，很快就發展起來了。

關於他頭上的那一條辮子，人們流傳著許多傳說，據說他在平時總是垂直了辮子，也不戴帽子，以至於他每次站在大車上趕牛的時候，那辮子就隨著車子的搖擺，一左一右的，像是鐘擺一樣，這樣搖擺著。日子一久，就有許多小孩子開始對那辮子感到興趣。不過剛開始的時候，他們也只能偷偷摸摸的跟在他的牛車後看，後來見他對人並不凶，就敢於伸手去摸了，再往後甚至於發展到拉了。這樣一拉，這位舅舅的辮子可就不得了了，它原本是很大很大一束的，給人家拉的次數一多，就拉掉了許多，看樣子，不出兩年光景，他的辮子就會給拉光了。拉光了，他向哪兒去要一條辮子？因此他就大大的著急起來，但是他又不願意對那些喜歡惡作劇的孩子打罵。因此，他就非常的悲哀起來。這事經過了好久，有人看見他實在太悲哀了，就貢獻了一個新意見，這個意見是：把辮子在頭頂盤起來，再加上一頂草帽，便不會有給拉光的危險了。這位舅舅接受了這個寶貴的意見，並且偷偷的試驗了兩次，成績果然是很不壞，因此他就實行起來了。到這時，如果有小孩子問到他：「辮子呢？」他就可以回答他們說：「給拉光了！」慢慢的，孩子們就把他的辮子忘記了，而他也長期的這樣實行起來。

除了辮子這件事外，舅舅還有一件怪事，就是他已經到了五十多歲了，但卻還不曾討老婆。為什麼？說他討不起嗎？不，他卻做著蠻大的生意！銀行裡一千一萬的存著款子。這樣一來，在好幾十年中，他便不得不一個人住一個地方，一個人吃飯，一個人睡覺，一個人……，不過現在安安來了，卻又是一個例外，同時他也願意有這樣一個人來，為什麼？因為他現在年紀實在太大了，需要有一個幫手。

話得說回來了。

舅舅在趕牛車的時候，很發了點財，慢慢他就感到幹這種營生實在太苦了，還不如改行好。因此他便下了決心要改行。改行？改什麼行好呢？朋友又給他貢獻出些新意見來，那就是叫他當個椰子商，到洲府各地去收買椰子乾。他覺得這種生意也的確可做，於是便把牛和車一起頂給別人，之後，他就成了一個椰子商了。椰子生意是很好賺錢的，因此他只做了幾年，又發了另一筆財。

做了財主的舅舅，對於自己的生活還是很儉省的，他吃的不好，住的不好，穿的也不好，平常身上穿的總是一套中國裝布衣服，一雙布鞋，一根旱煙袋。大家一定要說我在說謊，當我們和我們的主人公安安看見他時，他身上不是明明穿著白色洋裝、皮鞋嗎？為什麼說他成年都穿中國衣服呢？原來還有一個別的原因，什麼原因？你說啊，什麼原因？原來是我們這位舅舅，在他到了菲菲島這四十年中，為了朋友們的勸告，也曾做過一套白帆布西服，買過一雙黑色皮鞋。不過這套洋服卻是一年難得穿上一兩次，除非要去見官，為了怕失禮節，才從破箱底拖出來。官見過了，回轉家來了，也就重新把它放了回去。因為他穿的次數是那麼地少，又是在年輕時候做的，所以樣式十分古老，褲子既緊又短，短到褲腳要離皮鞋八寸多，至於那雙皮鞋呢？已經有六個補丁了，看樣子還會多起來的。要是人家看見這樣一套洋服，穿在我們這位已經發了財的舅舅身上而發笑，他便會很親切的對他說：

「你笑它樣子古老嗎？但是質料卻是好的，而且這樣式，對於像我這樣的老年人也正合適！」

要是再想下去，還可以說出許多，不過我不想再想下去了，因為我們這位主人公安安，這時忽然很響很響的打了一個噴嚏「啊啊——嚏！」

舅舅對他很關切的回過頭來：「昨晚上受涼傷風了？」

「沒有。」安安低聲的回答。

「要小心，這兒是生病不得的。」說著這位舅舅又照樣作出滿足神氣，用手摸著自己鬍子。

車外面，馬蹄打在光滑的路上，發出了很尖很亮的聲音，車子緩慢的有節奏的朝前行進著。不時，在他們兩旁的許多樹木，電燈杆，走著的人，很迅速地朝後退去。

安安坐在車裡已經很久很久，連一動也不動了，他正在整理著他一天所得的印象，的確這一天來，在他腦裡所留下的印象，實在是太多了。一會他想著這個，一會又想著那個，最後，他忽然想起一件事，並且就動起了口來問：

「舅舅！」

「唔？……」舅舅答著，又回頭來看了他一眼。

「那些米米國人真壞……」

「因為他們都是強國的國民。」

「在船上，他們還用鞭子打人哩，」安安接著想了一會，又說。「但是，他們對你卻很客氣。」

「客氣嗎？」舅舅重複著說，又伸手去摸他唇上的小鬍子了。「這就叫做金錢萬能，只要你袋裡有錢，叫外國人向你磕頭叫爸爸，他們也肯的。」

「那麼你是給了他錢？」

「嗯。」

「給了很多？」

「不，看樣子，有的你只要給他很少很少錢，他就會對你客氣打躬了。」

「原來是這樣。」安安自言自語的說著。

馬車夫卷起舌尖，嘖嘖的叫著，又不時把他的鞭子高高的舉在半空，拍的一聲叫著，鞭子雖然不曾打在馬背上，卻像是打在馬背上一樣。馬兒無意中給這一嚇，開快了步走，而車也就跟著快起來了。

菲菲島的天氣，是很叫人容易生懨的，要是你不走動，老一個人坐在一個地方，不管你精神怎樣好，總要打呵呵，流淚水，慢慢地睡著了。安安這時就是這樣，他打過一陣呵呵，流了一會淚水，接著也就不知不覺的睡著了。

等到他醒來的時候，他已經坐在一間很狹很悶的四層樓房內了，舅舅在他前面大大地忙著，他要換下身上那一套洋服，摺著放進箱去，又要把盤在頭上的辮子放下叫它風涼。當他做完這些事，就又拿了把大蒲扇，在窗前站著，一邊用力的搧著，一邊叫安安也學他這樣做。但是安安這時還沒聽見他說的是一些什麼，卻又閉下眼睛糊里糊塗的睡著了，好像他從沒睡過一樣。

七　在島上第一次的見聞

第二天醒來，舅舅便對安安說：

「我想你大概已經休息夠了，今天是星期日，我們到外面去玩一玩好吧？」

安安聽見有得玩，就滿口應承，接著沒等舅舅吩咐，也就打扮了起來。他今天穿了一身白色的新學生裝，戴著白帽，穿一雙白皮鞋，十分摩登，像是一個米國孩子一樣。但是舅舅卻穿得很不好，一身粗布中國服裝，一雙布鞋，一頂舊草帽，加上手上還拿了一枝旱煙筒。安安十分看不慣，想說他兩句，但是舅舅沒等他說出口，就催他快點走。

他們只一會兒就到了街上了，但是奇怪得很，這時菲菲島街上的景象卻突然和昨天完全不同了。昨天安安在馬車上所看見的是多麼的熱鬧啊！但是在今天，所有的店鋪，卻都掛起一塊又小又精緻的牌子，緊閉著。只是在路上走著的人，比昨天來的多，他們也都和安安一樣打扮得整整齊齊的，男人挽著女人的臂膀，女人就牽著小孩子，小孩子在吃著東西，他們一面緩慢的走著，一面彼此的談著笑著。好像是在過什麼節日的樣子。

安安對這些情形十分奇怪，自己是因為初初到這兒來，所以舅舅帶了他出來玩，難道所有開店鋪的人，都也和他一樣初初到這兒來，給舅舅帶出去玩？他想來想去，都沒有想通，於是就對舅舅開口問：

「舅舅，為什麼這些店鋪都關著門，是不是今天有一個什麼節日？」

舅舅俯下身來看了他一眼後，便很溫和的說：「安安，你說的不錯，今天是一個節日，叫做禮拜日，在外國每七天就有這樣一個節日。到了這節日的時候，大家都不准開店做生意，信教的人就要到教堂去禮拜上帝，不信教的便在家裡休息。」

說著，在很遠很遠的地方，就傳來一陣很響亮的鐘聲，好像是有無數個銅鐘同時給敲著似的。

「你聽，」舅舅指著遠遠傳來鐘聲的地方說。「這是禮拜堂裡的鐘聲，叫人去禮拜上帝的。」

當舅舅對禮拜日的解釋，告了一個段落後，他們就轉過一個彎，要到另一條大街去，可是當他們剛轉過彎，忽然就有一陣「殺！殺！殺！」的聲音，在他們後面叫著直追上來，接著，地也震動起來，好像這塊地面就要塌下去一樣。安安心內十分著急，一時想不起這是一種什麼樣的聲音，從什麼怪物身上發出來的，為什麼這樣厲害的，在他們後面追得來？要是他們給追上，或者給衝倒了呢？那一定是連骨頭也要變成粉的，想到這兒，他禁不住恐怖起來，於是在大大的叫了一聲之後，便忙著朝街旁跳開想躲起來，但是卻給舅舅一把拉住。

「不要亂跑，」舅舅教訓著說。「車馬是無情的。」

他站住了，心情仍舊不定。

就在這時，不止那聲音更厲害的響著，地震動著，甚至於還夾雜了一種又急又刺耳的鈴聲：當！當！當！……沒等他來得及回轉身去望，鈴聲已經到了他的耳旁，接著他看見一隻長約十多丈的，銀灰色的怪物，嚓的一聲擦過他身邊去，他的眼睛給這一擦就冒出無數道金光，頭腦也暈眩起來，好像給人家捆綁著，從高山上滾下來似的。他連忙一手拉緊舅舅，一面閉下眼睛，心裡暗自想著：「這次完蛋了！」

當那隻怪物和那陣怪聲，已經去了很遠了，他才敢睜開眼來。睜開眼後，他首先要找的，舅舅還在不在他旁邊，或者已經給那怪物帶走了。當他的眼睛在慌亂的找過一陣之後，便也安心起來，原來舅舅還沒給那怪物帶跑，反之，舅舅卻在他面前站著微笑，一邊摸著鬍子，一邊問安安：「安安你怕了？」

安安難為情的說：「那怪物是很大，很可怕的。」

「從前在唐山看見過沒有？」

安安搖著頭。

「是的，你從前不會看見過的，這怪物不是別的，就是電車。」

「電車？」安安忽然想起了另外一件事，聽說洋人要殺人的時候，大都不用刀或者槍的，他們發明了一種電椅，凡有犯罪而被判處死刑的人，他們就叫他去坐在一種叫做電椅的上面。犯人坐上電椅後，劊子手便出來了，他這樣一手捏著電機開關，一手拿著表，當行刑的時候一到，他就一二三把開關一開，跟著電就飛也似的流到那隻椅子上，椅子的電透到坐著的人身上，坐著的人給電這麼燒著燒著，便像一隻烤乳豬似的給燒焦斷命了。這是一種非常可怕的刑法，叫人聽了就會發抖。但是，為什麼現在又有一種叫電車呢？是不是也用來殺人的？

舅舅說：「像這種電車，這兒有許多，在現代的大城市中，除了馬車和汽車外，它已經成了一種最重要的交通工具了。因為它的票價便宜，行動又極快的。」

「那麼，它會不會電死人呢？」

「不會的，要是會電死人，也就沒有人敢去坐了。不過，這很難說，偶然也有人觸電死的。」

說著，他們就走到一個地方，舅舅叫安安停下，他說：

「站著，我們該在這兒上車了。」

「是不是要坐那電……？」

「是的，」舅舅答。「我們要在這兒上電車，上了車後，只要再過二十分鐘，就可以到動物園了。」

他們果然就在一個地方站著等，和他們同樣站著的，也有好多個人，大概也都是要坐電車的。他們這麼等著等著，過了好長一會之後，就忽然聽見那怪物又殺殺殺的叫著出現了。不過他已不像剛剛那樣害怕了，他知道只要自己不亂動，它是不會直衝到自己身上來的。那怪物細看來的確是可怕的，雖然已經是白天了，為什麼還要亮著一隻大眼睛呢？它沿著兩條閃光的鐵軌，搖擺著直爬過來，不久就爬到他們跟前停下，跟著，在他們面前就自動的開了一個大口縫，有幾個人從上面走了下來。現在，下來的人已經下完了，該是上去的人上去了，安安是車一停下，就立在那鐵門口的，但是他卻不敢首先上去，第一是怕上錯了，會不會是這只怪物在弄狡計，騙他上了車忙著開跑，叫他和舅舅分開；第二是怕做錯了，偶然叫電流到自己身上。正當他在猶豫不決的時候，舅舅可在他背上用力一推，這才叫他壯起膽子走上去。

他們一上了車，就看見一行一行的椅子在那兒放著，在那椅子上面還坐著人，個個都像是若無其事，一點也不像會遇到什麼大危險的樣子，於是安安覺得安心了。當他看見舅舅在一隻空椅子上坐下，他也就隨著坐下。剛好坐下，這個怪物一定又是給上了電了，因為它馬上便殺殺殺的叫著跑將起來。

我們在上面曾經介紹過，這位安安是有一個大毛病的，就是他每次上車，都要打瞌睡的，這時當然也不會例外，因此，他又偷偷的睡著了。

這輛電車到底走了多少路，轉過幾條街，走了多少時間，他一概都不知道，怎麼會知道呢？因為他根本就睡著啊。一直到夢見有人很用力很用力的把他朝車下一推，才吃驚的醒轉來，睜開眼一看，推他的人原來不是別的，卻是舅舅。

「下去，」舅舅說。「站到了！」

這時，已經有許多人從座位上站起，直朝出口處走去，安安用手背擦一擦眼睛，也跟著他們朝出口處走去，舅舅緊跟著在他後面。

安安下了車，才知道他們到的是一個十字路口，人啊，馬啊，車啊真是多得叫人看了眼昏。驟然看見這許多人，像海水一樣的湧來湧去，儘管你有多大的膽子，也要分不清哪兒是東西南北的，可是舅舅卻不像他那樣慌張，他一手抓住安安的手，一手高舉起那枝旱煙筒，朝人海中就開快了步走去。安安心跳著，怕見這些東西，因此，就索性閉下眼睛，跟著舅舅的手走；舅舅的手要他到那兒去，他就到那兒去，舅舅的手要他走，他就走，要他停，他就停，直到舅舅像嘆息似的對他說：「現在，我們可以慢慢的走了。」才敢把眼睛睜開。

八　侖禮達的動物園

動物園是設在一個叫侖禮達的公園內，這公園又是一片沿海岸的大草地，因此有許多樹，還有許多美麗精細的建築物，比方音樂臺、大餐廳、博物館等等。在那草地上，除了這些外，還附設許多運動場，種類多到他記不清，在他記清的就有足球、排球、網球、跳高、跳遠、投鏢槍、賽跑、跑馬，還有一個叫高爾夫球的。當安安和舅舅到達這個公園內的時候，正有許多人擠在那兒。至於這些人，偶然看看也是很有趣味的，從面部的顏色來分，他們中有白面孔，有黃面孔，有棕紅面孔，有黑面孔，還有不黃不黑面孔的；從性別來看，他們有男的，有女的，有老的，也有少的；從身段來看，有極高的，有極矮的，也有不高不矮的，真是各式各樣。在他們中，除了一部份參加比賽的，大部份都是站在那兒靜靜的觀望著，看熱鬧。舅舅和安安也擠到人堆中站了一會，但是他們兩個人對這玩意兒都感不到興趣，所以只站了一會，便又動身走開了。

他們離開了運動場，就沿著一條林蔭小路走去。在路上又看見許多人，這些人都和他們一樣是很閒散，到這兒來玩的。正當安安對於兩旁的許多新奇的樹木花草，感到極大興趣的時候，從樹林內忽然起了一陣怪聲，在他聽來，這怪聲是非常可怖的，不但他身上的毛孔已豎起來了，就連樹葉也索索的抖了起來，他怔怔的站住，一邊去看舅舅的面孔：這是什麼樣的怪聲啊？他相信，他已經聽到老虎在叫了。這兒有老虎？而且還公然的叫著，真奇怪，為什麼沒有一個吃驚或奔走的？甚至於連舅舅也一樣，舅舅不但不害怕，而且還對他說：

「你聽到那聲音沒有？我們已經到了動物園了。」至於動物園是什麼呢？舅舅卻沒說下去。

果然他們已經到了動物園了，因為正當舅舅說完了話，就有許多鐵欄從樹林中出現，在鐵欄內跟著也能看見許多奇異的東西。安安的心還像剛剛一樣在跳著，他想：就要看見老虎了。能夠看見老虎，總是一件十分快活的事。不過，他接著又想：要是那老虎突然的掙破鐵欄跳出來，那該怎麼辦呢？用力跑，還是爬上樹去？跑罷，他只有兩條腿，而老虎卻有四條，無論如何他是跑不贏它的，那麼還是爬上樹去罷。對了，還是爬上樹去好，從前他在家的時候，曾聽見老祖母講過一個狡猾的獵人故事。那故事很有趣，說的是：有一個狡猾的獵人，上山去打老虎，不知怎的老虎沒有打著，反給它追了來，這個獵人著急死了，就丟掉槍拼命的奔跑，翻過山又越了許多嶺，但是老虎還一樣不肯放鬆，他跑到哪兒，它就追到哪兒。他們這樣一跑一追的，已經在山上走了好久了，但因為兩方面都不肯讓步，所以還是一點結果也沒有。沒有結果，只好又追下去了。可是不幸得很，我們這位狡猾的獵人，力氣已經越來越不行了，至於老虎的追趕，還是一點也不肯放鬆，因此他們間的距離，便一點一點的接近，開始是老虎離著那獵人有一百丈遠，後來就變得只剩八十丈，再後來又改成六十丈，五十，四十，三十，二十，一十，五，現在已到了老虎的前爪離那獵人只有一丈，只有五尺了，到後來又從五尺變成三尺，到後來已到了只有一尺了，像這樣近，要是你們急不急？但是那個獵人卻一點也不急，他是一個狡猾的人，所以一點也不急，而且正當那老虎的爪子離開他從一尺變成五寸的時候，心中忽然想起一個狡計，這是怎樣一個狡計？是怎樣想起的？原來他在奔跑中忽然看見面前有一株大樹，這株大樹長得有半天這麼高，正好擋住他的去路。他想：糟了，路給大樹擋住了，後面又追著老虎，怎樣辦呢？還是爬上樹去罷，想老虎是一種又笨又大的獸類，一定追不上去的。這樣想著，想著，他就下了決心要爬上大樹去。果然，他就照這樣做了，而且爬得非常之高。老虎見它的敵人，見它原本可以馬上就抓進嘴裡去的一頓好飯，給跑上樹去了，怎不生氣呢？於是它就在樹底下咆哮著，飛跳著，朝樹上面撲去。狡猾的獵人，見它在急，心中十分快活，連理也不去理它，只在那上面安穩的坐著，且不時大膽的對它作鬼臉。可惜他的槍在路上掉了，不然他這時就可以在樹上對它射擊，因此他也只好眼睜睜的看見他的獵物就在那兒不動，心中一點辦法也沒有。他們就這樣過下去，老虎不想離開它的好飯菜，獵人也沒法子趕走它，於是，他們就這樣過了一個晚上。第二天，老虎變得十分疲勞了，它不再那樣兇惡的叫著跳著，卻像是十分乖巧的樣子，伏在大樹下睡覺，至於那個狡猾的獵人呢？忽然變得非常不安了，為什麼？因為他覺得肚子十分的絞痛，像是要拉屎一樣。要拉屎，是一定要到毛廁去才合衛生的，但是他下不了大樹，沒法子到毛廁裡去。我們知道，他是很狡猾的，狡猾的人有許多心思，他的靈機只要略略的一動，計謀便就浮上心上來了。他想的是什麼計謀呢？原來他忽然就爬到另一根樹杆去，拉開褲子，對準這隻這是正在睡著的老虎背，就大拉特拉起屎來了。我們知道，老虎是天生愛衛生怕臭味的，因此當它聞到這臭味時，便伸出前爪去摸，糟糕，這種臭味又正發自背上，這一驚可非同小可了，心裡登時就急起來，心一急就發瘋似的在地上打起滾來，它以為只要這麼一滾，就可以把臭味滾走的，哪知道越滾就越臭，原來被拉的地方只有一點點，這時也因越滾越多起來。終於到了它全身都給大便糊滿了。全身發臭的老虎，心中十分生氣，它要發性子了，果然，不一會性子就發了起來，性子即發，便不管三七二十一，伸出前爪到身上去抓，怎樣抓法呢？只要什麼地方有臭味就抓什麼地方。這樣抓著抓著，終於把身上的皮啊，毛啊都抓光了，血流出來了，不久，便也斷著氣，在那大樹下不動了。……

這個狡猾的獵人的故事，安安在這時想著，很感興趣，他想：要是那老虎忽然的掙破了鐵籠子出來，他就決心要用這方法來對付它了，至於舅舅應該怎麼辦呢？他還沒有想到，舅舅卻已動起嘴來說話了：

「安安，你看在我們前面，已經列了許多種類的動物了，這都是一些很可寶貴的畜生，不要以為得到它們容易，事實上是很不容易的，為什麼呢？因為它費了許多人的生命心血。在這兒，我們可以看見印度的象，非洲的豹子，猩猩，中國的狐狸，本地的鱷魚，還有許多我說不出名字的東西。……」

說著，他們就走近一個鐵欄邊去，在那裡面，安安看見許多架空的小木房，秋千架等東西。有許多猴猻猩猩，大小都有，就在那裡面跳著玩著，有些在打秋千，有些偷偷的躲在木房子裡伸出半個頭來，對觀眾作著鬼臉。總之，它們是很懂得用怎樣方法來逗人家快活的。當觀眾在給它們逗得禁不住哈哈大笑的時候，就有人會給這群猴猻丟進一點麵包、牛肉干和花生米去，以作獎勵。好，只要這麼來一下，可不得了，當東西一丟進去，在它們中不管是大的，是小的，見有東西可吃，就都拼起命來，有的從木房子翻了筋斗滾下，有的丟開已經搖到半空的秋千架，紛紛的擠在一起，動手搶將起來。但是東西實在太少了，而搶的猴猻又多，於是便常常起了些糾紛，比方說：大猴猻搶不到東西，就動手打搶到了的小猴猻，搶不到的小猴猻，再動手打搶到的小小猴猻，小小猴猻搶不到沒有對手可打了，只好吱吱的哭著，躲進那木房子裡去。安安看著，十分替那些給打哭了的小小猴猻難過。為什麼連猴子也是這樣大的欺負小的？但是別的人卻一點也不覺得難過，因為他們認為凡是做了猴子，都是用來給人類取樂的，既然它們本來是用來給人類取樂的，有什麼可難過的？於是乎不管它們是否剛剛還很厲害的打過，或有幾隻給打破了頭，血還在流著沒有乾，而麵包、牛肉干和花生米，又像雨點一樣的落在鐵欄裡去了。

看完了猴猻，他們又到隔壁一個鐵籠邊去看大蟒蛇，這蟒蛇也是從非洲運來的，約有兩丈五尺長，至於腰圍就有我們挑水用的大木桶這麼粗。可憐的大蟒蛇，這時很為疲乏，像是氣候太熱了，叫它不得不打瞌睡的樣子。它的眼睛，這時雖然還張開著，可是卻一點神氣也沒有，紅舌頭伸出來喘氣，約有兩尺多長，身體圈曲著像一堆牛糞，疊得高高的，約有三四尺高。來看這隻大蟒蛇的人也有許多，但是卻很少人丟東西進去，因為它是一點也不喜歡吃別的東西，除了一些小動物外，因此看的人，也就不像在看猴猻時那樣熱鬧了。

在觀眾中忽然起了一陣騷動，大家忙著伸長頸子朝一個方向看去，安安和舅舅當然也沒有例外，他們的頭掉過之後，馬上就看見一個穿著號衣的土人，赤著足，手裡拿了一隻哀哀叫著的大公雞，直朝鐵欄這邊走來。觀眾中看見這個管理人過來，又看見他手中的大公雞，就起來一陣嘈雜的說話聲，至於說什麼呢？安安一句也沒聽懂。

管理員現在是走近鐵欄來了，站住了，伸手去摸一串大鑰匙了，不久他嚓的一聲把一面大鎖打了開來，然後又打開一面小小的鐵門，一隻手把那公雞丟進籠去，才又把鐵門重新關上，下了鎖。公雞從高處朝下一跌，正拍著翅膀，想從地上爬起，忽然看見那大蟒蛇，於是一下子給嚇昏了，就哇哇地大叫起來。大蟒蛇顯然是吃雞子吃慣了的，因為當它看見有這樣一隻小動物從籠外給人丟進來，又看見它嚇的那麼哇哇大叫，便偷偷的拿眼睛去望它，跟著又張開嘴巴，蠕蠕的動起身子來。不一會它就開始對那大公雞追逐了起來。那隻大公雞這時一邊拍著翅膀，一邊哇哇的叫著奔跑，這樣一邊跑著，一邊追著，很過了一會時間。但是那公雞的力氣一下就跑光了，所以只好伏著不動，讓那大蟒蛇把大嘴巴張開，吐著紅舌頭，滴著口水，用力的這麼一撲，把它吞下口去了。

看完了大蟒蛇，他們又走到另外一些鐵欄面前去，看獅子、老虎、象、熊、花豹，……但是都太平凡了，沒有什麼可寫的，只是到了一所關住一個大鱷魚的地方，舅舅就說了一段很長很長的故事了。

九　鱷魚的犯罪和受刑的故事

安安啊，你不要以為放在你面前的鱷魚，是一隻平凡的鱷魚，要是你會這樣想的話，那你就錯了。

這不是一隻平凡的鱷魚，是一隻神鱷，它因為犯了罪，才給處分著關在這兒受徒刑的，這樣過著，時間已經有十五年了。因為它是有罪的，因為它是想用苦行來贖罪的，所以它平時總是很善良的，每天從早到晚，自己總是悄悄的在水邊伏著不動，兩眼露著悲哀的神氣。要是你想惡作劇，丟了什麼東西進去打它，它也不會發怒；如你再用難聽的話去罵它，它也是一樣不會發怒的。你不要以為它是這樣善良，就斷定它是沒用的，那就錯了，恰恰相反，它卻是一隻非常勇猛的畜生。

你這樣睜大了眼睛看我，我知道你一定是想聽關於它的故事，那麼你聽著就是了。原來在菲菲島中，有一個叫做三寶瓏的小島，這個小島是一個荒涼的去處，有許多小溪流，溪流中隱伏著成千成萬的鱷魚。這些鱷魚，在平常時是很善良的，不大傷害人和牲口，因此土人長久的和它們相處著，相安無事。

有一天，忽然有一個老女人，哭哭啼啼的到巫師那兒去哭訴，說她有一個兒子，獨生的兒子，經過河邊，突然的給鱷魚吃掉了，所以來請求替他報冤。

巫師睜開眼睛，對這位在他面前跪著，哭得十分悲哀的老女人看著，又問道：

「這事的發生，你的兒子難道是一點錯處也沒有？」

老女人磕著頭說：「神啊！你相信我這個老人是不會撒謊的，他是一個規矩人，從沒有做過錯事。」

「那麼，」巫師注視著她。「你呢？是不是你自己一點錯處也沒有？」

那老女人又磕著頭哭道：「我憑聖主賭咒，我從沒犯過罪。」

「那麼，你打算怎樣？」

「我要求你替我的兒子報仇。」

「好罷，」那巫師說。跟著他又閉下眼睛，一邊念著一些什麼。當他重新張開眼，他就對那老女人說：「我已去見過河神了，河神說：你的兒子的確是給一隻鱷魚吃去的，不過，這不全是鱷魚的錯，你的兒子也有錯，他不該開口就罵人，以致觸犯鱷魚神。」

「這是怎樣說的，我的神啊！」老婦人哭著，又磕下頭去。「難道我的兒子的仇是報不了了嗎？」接著，她又是哭，又是磕頭，磕了頭又是哭，真淒慘啊！以至於叫那硬心腸的巫師，也不得不軟下心腸。不久，他討了一點手續費，便答應了。

巫師答應了後，帶了一把神劍，一條神索，一個神鉤，還有一張神符，就和那老婦人一起出發了。老婦人帶他到兒子被鱷魚吃掉的河邊去，把那罪惡的地方指給他看。在這時，那犯罪的河，除了混濁的流水，除了一些小魚蝦在那兒游來游去，已經什麼也沒有了，老婦人跪在地上哭，巫師搖動他手中的神劍，走來走去，一會看著天上的陽光，一會看著那河裡的流水，到後來他好像打了一個噴嚏，才開口說：

「不錯，你的兒子是在這兒給吃掉的。」

接著，他又一連打了三個噴嚏，才放下神索，神鉤，和神符，做起法來。你想，他是怎樣作法的？原來他先在神符上吐了幾口口水，又念了一些什麼，然後再把那神符鉤在神鉤上，神鉤鉤好了神符，就又給綁在神索上，然後巫師又是打噴嚏，又是念咒。他一邊念著，一邊走近河邊，把神物一起丟進河心去，他的手中卻緊握著神索的一頭。

這真是一件稀奇的事，可是的確是這樣。你看那條河，剛剛還是平靜的，這時卻突然的起了大風浪，四周有無數的泡沫，不久，在河心甚至於還能看見一頭約一丈五尺長的大鱷魚，而在它後面還跟著成千頭小的。這些鱷魚不管是大是小的，都一樣把一個長鼻子，高高的伸出水面，用力的泅著泅著。當那頭領頭的大鱷魚，游到放下神符地方的時候，它就停住身子不動，朝岸上的巫師看了好一會之後，就沉下去了。當它再浮上來的時候，它的口中已經含了那神鉤，毫不反抗的隨著巫師的手，一步步的爬上岸來。

現在，這隻鱷魚是很溫馴很悲哀的，在巫師面前跪著了，老婦人見著吃掉自己兒子的仇人，已經給鉤上來了，就大聲的呼叫著，揚起兩隻拳頭，直朝它撲過去，可是馬上就給巫師止住了。

他說：「你不能這樣，我們得好好的審問它一下。」

跟著那巫師就搖動手中的神劍，大聲的叱喝，並且向鱷魚訴說它的無數罪惡。那鱷魚好像也很知罪，它不斷的點頭承認，並且在眼中流下兩行淚水。它雖不能說話，但是巫師知道它是在請求恕罪的。

老婦人又大聲的哭起來了，她再跪在那巫師面前磕著頭，請求他把那畜生判處死刑。但是那鱷魚也不示弱，它的淚水流得更多了，她們就這樣，兩邊都在請求巫師的幫助。這樣，要叫那巫師怎麼辦呢？他的處境現在是非常的困難了。就正在他不知如何是好的時候，在河邊忽然又發生了一件事情：原來是那些小鱷魚，看見自己的祖宗有受判死刑的危險，就都趕來援助，它們唯一能夠幫助的辦法，是採用武力威脅。於是它們就開始騷動起來，在水中呼呼的響著鼻子，翻著筋斗，使河水變成無數泡沫，以至於直濺到我們這位正在左右為難的巫師面上。巫師是來主持正義的，但是他總不能不顧全大局！他很知道，要是這隻大鱷魚被判死刑了，這成千的小鱷魚，就會使得這條河到處都出了命案的。因此，他便下了決心，不判處那大鱷魚的死刑。

不判處死刑，要怎樣判法呢？且不著急，你看只一下子，那巫師的嘴巴就動起來了。他先閉下眼，裝作神已附體的樣子，接下便大聲的宣判道：

「鱷魚啊，你既然是水族的王，為什麼做出了這樣兇暴不法的事？現在，你既已犯罪，傷害了人命，就是神也不能再加寬容。好在你的罪孽還不十分深重，所以我敢於以神的名義，來判處你該受徒刑二十年。」

判決詞剛剛念完，河邊的小鱷魚就安靜起來了，河水已不起泡沫，它們也不再響鼻子，翻筋斗了，卻一齊的排起隊來，很齊整的向巫師點了三下頭，然後才安靜的游回去了。那大鱷魚也很安靜，表示服從。只是那個老婦人卻還在哭著不肯，但是又有什麼辦法？神既然是這樣判決，她也只好服從了。

犯罪的鱷魚被判決之後，你以為什麼事情都解決了嗎？不，跟著還有新的問題發生，那就是既然已判決了，要如何去執行呢？把它關到什麼地方去？為著這件事，在三寶壠，不知道有多少聰明的學者傷了腦筋，至於爭論更不必說了。有些人主張把它和人類一樣，放在牢裡關起來，有的主張用一條鐵鍊把它仍舊鎖在河邊，但是，這都不妥當，因為他們認為這樣，毛病還是太多了。

好在這時，有一個也是學者一樣的人，正從京城遊了學回去。他告訴大家說：京城正在建設動物園，到處在徵求動物放到那兒去陳列。當人家告訴他，這兒還發生了這件困難的事情，他就出來提議，把那犯罪者送進動物園去受徒刑。這真是個好辦法，所有學者都表示贊成，而他們也就這樣執行起來了。

十　一段歷史的傳說：牙牙人怎樣統治菲菲島

說著說著，他們就走到一個叫做「王城」的堡壘，這個堡壘很大，只周圍的大小就有兩三里路，一進裡面去，所能看見的盡是一些莊嚴古老的建築物，不過，這些建築物，由於年代的久遠，大部份都已破落不堪了，除了那些看守的人外，在平時是很少有人到這兒來的。

舅舅說：「你不要以為它只是一座破房子，露著可憐相，事實上，在牙牙人統治菲菲島的時候，它還是一座皇宮哩。不過，因為牙牙人失勢，又兼日久沒人理會，所以就變成這副可憐相。」

他們一會就到了一列階梯面前，舅舅首先一級一級的走上去，安安也緊緊的在他後邊跟著，他們這樣走了約一百二十五級，才走到一座大殿堂門口，往裡面一看，門是早沒有了，裡面只是一間又陰暗又空洞的大殿堂，窗和門都開著，使戶外的陽光可以隨意的進來。當他們走進殿堂內，有一群雀子正在那兒玩著，嘖嘖的吵個不休，忽然看見有人進來了，就嚇的震起翅膀到處亂飛，一邊「啾啾啾……」的驚叫著。

安安隨著舅舅在這間又陰暗又空洞的大房間，走了一會，覺得沒有一點好玩的，就移進內殿去。到了內殿，便可以看見許多小房間了，除了這些小房間外，還有不少用人工築成的山水和園庭。不久，又看見一個可以同時燒一千五百人飯菜的大廚房，關囚犯的囚房，對這些犯人施用刑罰的刑房，還有許許多多，他聽都未曾聽過的刑罰。舅舅每走到一個地方，就要對安安指點著，並詳細的說明了它的性質和用途。最後，當安安問起這座堡壘的來歷時，他就講了下面這樣的一個故事。

話說在西元一千五百二十一年的時候，這個所謂菲菲島的，原來還是一個沒人知道的地方，它簡直另成一個新世界，他們不知道外面還有別的地方，外界也不知道這兒有這樣一個地方。不過，這時探險的風氣已經打開了，有許多先進國家，就很出了些探險家，他們專門以找尋未被外界知道的新土為生。比方說牙牙國罷，這時就出了一個叫做麥哲倫的探險家。這個探險家駕了一小隊船隻到處亂跑，想到地球各地去探險。我們要知道，那時他們的探險工作，並不單單是為了好玩，實在是想找個可以做生意，或拿來做自己殖民地的地方。我們這位麥哲倫先生，雖然很費了些精力，可是他一點也沒有白跑，不久他就把這塊新天地發現了。當他把這個島發現了以後，開始原以為不過是一個荒島，沒人居住的，於是便在他的探險船上，架起瞭望鏡朝這島上望著。他這麼望著，望了好些時間，忽然發覺他所推測的完全不對了。為什麼呢？原來這個島不但是一個風景秀麗的地方，並且還住著人哩，至於住的是一些什麼人，他當時沒有看清，所以在這兒我也不能說。這位探險家麥哲倫先生，看到了這些情形後，心內當時就覺得十分奇怪，既然是一個有人住著的島，為什麼從來沒人發現過？同時又因為做探險家的應有責任心，使他不得不想上去查一查底細，看這島到底有沒有主，如果已經有了主的，他自然不好怎樣，只好再動身到另外一個地方去探險了；如果是沒有主的呢？那麼，他的好運氣便要到了。下了這樣決心後，他便通知他的助手，帶了武器和彈藥，下了探險船，坐在一隻小艇上，一直朝那岸上駛去。不久他們就上了島了，不過還擔心發生什麼意外，不敢深入，只在岸邊稍微走了一點路，就想回轉來了。但是就只走了這麼一點點路，他們所看見的情形，就已吃驚不少了。原來，他們一上了岸，就在那兒發現了許多金沙和一些極為珍貴的珠寶，這怎樣不叫他們個個心動哩，於是乎，去的人登時什麼顧忌也不管了，一看見在足底下有這許多珠寶金沙等貴重東西，打開身上的口袋就裝，上袋給裝滿了，就移裝下袋，下袋裝滿了，就改裝帽子。總之，凡是可以給他們做袋子用的地方，他們都拿來做袋子用，凡有可裝進袋裡去的，他們拿著就裝。這樣裝著裝著，不久，所有去的人不管是大袋子、小袋子、帽子或其他什麼的一概都裝滿了，於是麥哲倫就下著命令，大家下船，開著漿勝利地回去了。到了第二天，他們又照樣在昨天登陸的地方上岸，並且帶了更多人，搬了更多袋子，至於走起路來，也敢大膽的深入了。可是當他們像頭一天，動手要把那些珠寶金沙等寶物，裝進袋裡去的時候，一陣牛角的嗚嗚聲和牛皮鼓的蓬蓬聲，忽然大大的響將起來了。這號鼓聲，一開頭只有一個地方發出，可是不久四處都起了回應，這樣一來，這個島就像天崩地裂一樣不安了。探險家麥哲倫和他的助手，為了這種可怕的聲音，而非常吃驚，便連忙向四面八方抬起頭，又架著望遠鏡看。「事情糟了！」他這樣叫道，跟著就看見四面八方都是一些握著刀，張開弓箭的野蠻人，他們大聲的鼓噪著，向這些侵入者直衝過來。看當時的樣子是十二分危險的，因此，他們就都放下手中拿著的袋子，拿起槍來自衛。但是因為對方的人數多，探險家和他的助手雖有現代武器，無論如何也敵不過他們，因此也只得一路開槍抵抗，一路退著走了。

吃過這次虧後的第三天，探險家麥哲倫先生和他的助手，就不敢再逗留下去了，他們在這個新發現的島子上，沿岸畫著地圖，又在他們靠岸的地方，做了許多記號，便急急的開回牙牙國去。到了牙牙國，麥哲倫先生又急急的趕到皇宮去，向他們的皇帝報告這次探險經過，他說：他和他的助手們，在大海中經過了一年又五個月的探險工作，才在太平洋地方發現一個新的寶島。至於這個寶島，是遍地皆散布著黃金和值錢的珠寶，可是只有一些野蠻人在那兒住著，沒有人知道它的價值。說著，他又把一張地圖呈上。

那牙牙國皇帝聽了這個報告，十分動情，不過他還不大敢相信，於是他就說：「麥哲倫先生啊！你到底看明白了沒有，你們所看見的那個島，的確是遍地黃金珠寶麼？」

麥哲倫先生見皇帝不大肯相信他，對天賭著咒道：「我敢賭咒，我們所看見的，的的確確是真的黃金珠寶。」

說著，他又叫人將他們帶來的一部份金沙珠寶，呈上給皇帝看，皇帝把它拿在自己的面前再三的觀摩著，果然不錯，都是一些值錢的貨色，於是他的心就更厲害更厲害的動情起來了。「要是，我有了那整個島的黃金珠寶，」他暗自對自已說道，「我一定會更加強盛，更加富裕的。」但是他又怕給麥哲倫看出來，笑他小氣，於是他便裝作毫不關心的樣子問：「你的確沒有看錯？那麼，誰是那個島的主人呢？」

麥哲倫先生又答道：「陛下，我的確沒有看錯。至於說誰是那個島的主人，就我們所看到的，它不過是一個無主的海島罷了。」

「既然是無主的海島，」皇帝說道，「我就派你做海軍大將，帶領我們的兵船，到那兒去，把它占來。」

就這樣，我們這位探險家麥哲倫先生便做起海軍大將來，並且因為皇帝十分心急的原因，在略略的籌備一下之後，就出發了。

我們要知道，那時的牙牙國海軍，雖然是以勇敢善戰出名的，但是菲菲島的土人，由於長期的和自然戰鬥，勇敢善戰也不會比他們差。他們雖然沒有槍炮，卻有刀和箭，人數眾多，地勢又熟悉，因此當牙牙人剛剛鳴炮上岸，他們就從四面八方吹起了牛角，打著皮鼓，呼嘯著，出來應敵。每當在他們中有一批人給槍彈射殺了，就會有另一批人自動的走上去，把那些空位子補上，要是死的人太多，牙牙人又敵不住，他們就朝內地偏僻的地方退，把一切可以吃和用的都帶走。牙牙人得不到吃和用的，加上不時還有人出來打擾，再加上氣候又不好，容易生病，一點辦法也沒有，便不得不自動退走了。他們就這樣一出一進地，打了足足有四十年光景；牙牙人第一次打敗了，第二次又打敗了，但是到了第三次的時候，卻打了勝仗，而且把全菲菲島佔領了。

當牙牙國人佔領了全菲菲島以後，才知道這個島住著的人，已經不全是野蠻人了，地方也不完全是野蠻地方。他們有自己的文字，有自己的語言，有自己的民間藝術，有自己的街道和馬路，最奇怪的，還有許多中國人在那兒做著買賣。這些中國人到底怎樣來的？很少人能說得詳細，不過卻可以斷定來的時間一定很早，因為他們有一大半都已討了土人女子做老婆，且生出了許多混血兒。這些土人其所以有文字，能夠種田，做買賣，就都是這些中國人教出來的。

牙牙人雖然用武力佔領了菲菲島，但是卻佔領不了幾百萬土人要求自由獨立的決心。他們還是希望自己有自己的頭目，做自己的買賣，種自己的田，不希望外國人來管他們。於是乎，便時常發生了反叛的事情，特別是一個叫做摩洛的地方，他們靠著很好的地勢，在深山野林中躲藏著，在平時，當人家不注意的時候，他們就突然的吹起牛角，敲著牛皮鼓，吶喊著直衝下山來，他們的口號是：殺盡白種人！因此凡見有白種人，不管三七二十一動起手就殺，看見有白種人的房子，動起手就燒，在大規模的燒殺過去，不等牙牙軍隊來剿，他們就會像來時一樣，突然的散了，無聲無息的躲將起來。這種大規模的騷動，像流行病一樣傳染著，從一洲傳過一洲，從一個村落到另一個村落，弄到那些牙牙統治者，到後來也不得不表示手足無措了。為了和他們的軍隊配合行動，牙牙國駐菲菲島的總督，便接連下了許多命令。這些命令的內容，有許多都是很不合理的，不過在當時，他們確曾嚴厲的限制那些土人的行動。到底是哪些內容呢？比方：

「第一條：凡屬土著人民，一律不准應用刀箭，如違處死。」沒有刀箭，就等於沒有手和腳，有許多土人都是靠打獵過活的，不准用刀箭，便要叫他們閉住嘴巴餓死了。

「第二條：凡屬土著人民，一律不准說自己話，讀自己文字，如違處死。」不准說他們自己的話，說什麼話呢？說牙牙話；不准讀自己文字，讀什麼文字呢？讀牙牙文字。像這樣的條文還有許多許多，要我學，一時都學不完。牙牙人以為對付土人一概用「處死」兩個字就可解決的，事實上卻恰恰相反，你越不准他們這樣，不准他們那樣，你越要處死，他們就越不怕，越要造反。在牙牙人統治下的菲菲島，便在這樣長年得不到一時安靜的日子中過去了。

可是在這時，便有聰明人出來了。他是一個教士，並且獻出了一個最有智慧的計策來。到底是一個什麼樣的計策？只要看他對牙牙總督說的話，便知道了。教士的話是這樣說的：

「我的親愛的，煩惱著的總督啊！你肯聽我這個正直人說的話嗎？如果你肯聽，我敢擔保你的統治就會十分順利的。」

已經悲哀失眠了許久的牙牙國總督，正在煩惱中，聽見有人要對他獻出一個好計策，當下就大大的興奮起來，於是就對那教士說：

「親愛的長老，你有什麼好計策，請說出來吧，如果真的是好的話，我敢對上帝發誓，我一定照做的。」

「那麼你就聽著，」教士吞了口口水說，「你知道你的統治為什麼失敗嗎？為什麼會長年長日都有土人起來反叛？這都是因為你過於看輕上帝，不相信上帝的原故，所以上帝才把你們應得的懲罰，加到你們身上。……」

總督聽到這兒，臉就漲紅了，他在自己胸前連忙的畫了個十字說：「上帝在上作證，我本人是很尊重上帝旨意的。」

教士不耐煩的等他說完，又接下道：「我們都是上帝的子民，我們得完全的相信上帝，相信他是有至高無上的威權的，相信他能給人類以完全的幸福和快活。……」

「這一點，我完全相信。」總督又打斷了他的話。

「你的最大錯誤，就在於一味迷信武力，迷信軍人的勇敢，和槍炮的威力，以為只要有這些，就可以使你的統治堅固起來。事實上，這卻是一個大錯，人類的肌體，可以用槍炮刺刀來改變形體，但是，人類的心卻不能夠。因此當你的槍炮的威力，發揮到了極點以後，變成了廢物，不能再用了，接著來的問題，是在於應該如何去改變人心。……」

「我相信你的意見，完全的相信你的意見；但是，長老先生，你要告訴我的那個好計策呢？」

「計策嗎？」教士輕輕的咳了一聲，吞下一口痰，又很狡猾的看了對方一眼，「第一呢，你得給教堂和教士以最高的特權，他們可以掌握了這些土人的生和死，還有別的許多事。……」

「第二呢？」

「第二嗎？你得下令全島土人都信我們的教，每七天休息一天，到教堂去禮拜上帝，如果不信或是違反的，一概處死。……」

「那麼，第三呢？」

「第三，我們就可以開始用上帝的名義，來開化這些野蠻人了。我們會在他們來禮拜的時候，告訴他們：天上有一個神，這個神權威極大，他統治了全人類和世界上的一切東西。這個神叫做什麼呢？叫做上帝。上帝除了管全世界所有的事情外，還派了他的無數兒子到人間來統治人類，他的兒子是什麼人呢？就是牙人。要是有誰反對了上帝的兒子，上帝就會發怒的，把一切災禍降到他身上，叫他給雷打，給火燒，或者受其他種種可怕的刑罰，一直到他死去。死去以後，還要入地獄，那麼，地獄又是什麼呢？地獄是……」

總督靜默的聽著，聽著，覺得這個教士的計策很不錯，於是，沒等他完全說完，就滿口答應了。

教士走了之後，不久，總督的命令便下來了；他叫全島的人都要信教，都要進教堂，如果不信呢？如果不去進教堂呢？那麼，就要處死刑了。同時所有的教堂，也建了起來，我們現在來參觀的這座堡壘，也就是在當時建起來的。教堂建立後，教士們就照著他們的第三個辦法，開始做了起來。

教士的辦法，果然是不錯的，因為自從有了這個新辦法後，反叛的事情，便減少了，總督的面孔又開始堆滿了笑容。同時教堂的勢力，也一天跟一天的大起來了，大到連老百姓們打架、討債、還債的事情也要他們出來管了。

現在是，教士們成了這個島中的皇帝了。凡是島上最好吃的東西，人們都不敢享受，因為那是教士們要吃的；凡是島中最好的房子，也沒有人敢去住，因為那是教士們要住的；凡是土人家中母雞生下來的雞蛋，第一顆是不能吃的，因為那是要獻給教士們的；養下來的家畜，第一隻也是教士們的。同時，教士們又收買了全島最肥沃的土地、椰子園和樹林，使許多人都成了窮光蛋，沒有成窮光蛋而還有一點家產的土人，也要拿他們每季所得的東西貢獻給教士。這樣過著，日子久了，教士們每個人便都像豬一樣的，給養得又肥又胖，肥胖到連路都走不動，反轉來看，土人們卻是一天比一天的黃瘦下去了。

就像這樣，我們這些教士老爺還是不會滿足的，因此，不久，在他們中便有新的花樣產生了。那是什麼花樣？比方，比方什麼呢？比方他們感到每天享福，受人奉迎的生活是非常無聊的。無聊自然要消遣，用什麼方法來消遣呢？上街去。

要是在街上或教堂內，他們看見有一個非常之好看的女人呢？那麼，他們便會裝著十二分仁慈的樣子，走近她前面，用吃驚的聲調說：

「信女，你犯罪了，上帝在震怒著，不久將降禍於你和你的家庭。」

這是一件非常可怕的事情，一個上帝的代言人，一個教士，說她犯罪了，這怎不叫人害怕呢？於是那個罪人，便全身顫慄著，直撲在他面前，一邊流著淚，一邊要求他的保佑。

「你想脫罪嗎？」教士裝作很是森嚴的樣子說。

「是的，救命的恩人啊！」

「那麼，」教士說。「你來吧，今天晚上，我將在悔過室為你悔罪。」

到了晚上，那個罪人在她母親或是丈夫的陪伴下，帶著獻給教士的禮品，直走到教堂裡去，當他們走到那兒時，就會看見先有一個小教士，奉了他主人的命令，在那兒等著。他問明了來歷後，就對那陪伴的人說道：「跪著，為了你的親人，請對上帝禱告罷。」接著，又回身對那罪人說：「現在，我們可以進悔過室了。」

所謂悔過室，原來就是一間密室，在那裡面，一切都布置得十分周密，守衛也極森嚴，平常時除了教士自己，和那些要求悔罪的人，沒有特許是不准任何人自由進出的，當罪人給帶到悔過室門口，她就要去掉身上所有衣服，拿雙膝和兩手在地下爬，一直爬到已經先在那兒坐著的教士面前，然後一邊流著淚，一邊哀訴她心中的不安和恐怖。教士裝作神已附體的樣子，半閉著眼，對她看著，又低聲的說道：

「罪人啊，你用不著狡辯，現在你雖自認沒有做過大錯事，但是，在前世你卻曾犯過大罪，上帝原本要把你打下地獄，終生永做豬狗；但念及你的善根未盡，所以叫你重新下世為人，這無非是要你勤力超度的意思，現在正是你超度自己的時候了。……」

至於怎樣超度呢？他又用神的名義，判處她終生服侍教堂，服侍教士，做神的奴隸。

那罪人，一半恐怖，一半不願意，就哭得十分悲慘，且不時匍匐著到教士面前，用嘴唇去親他的足。但是，不願意又有什麼辦法呢？既然是神的旨意，是誰也不能違抗的，於是，她便馬上給留著了。當那儀式結束之後，小教士便又突然的在祭堂上出現了，這次他是來傳達大教士的旨意，告訴那陪伴人說：

「你現在得一個人回去了，因為你帶來的那個罪人，已經被判決留在這兒悔罪了，要等到她的罪惡完全贖滿了，才能回去。」

陪伴人的面孔，為了這個不平凡的消息，變青了，有許多還這樣暈著過去哩。他們哭著，哭著，十分傷心的樣子，一直到哭完了，便又要求著教士准許他（或她）去和他的親愛的罪人，做最後一次告別，但是照例被答應的卻是很少，除非他肯出一筆極大極大的代價。

就這樣地，在那些教堂中，每一個大教士都擁有極多極多的女土人的奴隸，她們是他的妻子，奴隸，和護衛；同時也有許多土人丈夫，失去了他們美麗的妻子，許多母親失去了她美麗的女兒。他們不知道，為什麼自己的妻子和女兒，一定要失去，還以為這是一件很聖潔的事，只要罪一悔完了，就可以再回到家裡重新團聚了，想不到她們已永遠永遠的，成為教士所有了。教士們拿她們來享用，有些就當奴隸一樣給販著，運到外地去拍賣。

自從悔罪成了一種刑罰以後，日子又過了很久很久了。教士們覺得這倒是一件發財享福的新辦法，正想大規模的來幹，想不到卻因為自己做得不小心，惹出了一場大禍，以至於把教士和牙牙人的統治，都整個兒地推翻了。

到底這是一件什麼大事呢，這樣嚴重的？原來有一天，教士們正和他們從前所做過的一樣，想祕密的運一批悔罪女到外國去販賣，不知道是事情做得欠機密，或是有內奸，這個消息忽然漏給中間的一個女人知道了。這是一個膽大而又美麗的青年女子，她很愛她的丈夫，好像愛她自己的性命一樣，自從給判在教堂裡悔罪後，已經有好幾次想反抗逃出去了，不過她很少找到機會，因此沒有成功。當她在不意中，知道了那些教士的陰謀後，便大大的悲哀起來了，因此，她從此將永遠要和她的丈夫分開，見不到他了。不過她只把淚哭進肚子裡去，沒有哭出聲來，所以很少人知道。她這樣哭了好一會後，心中忽然起了一個很大膽的打算，那就是要找機會逃走。果然，在一個很深很黑的夜晚，在她們一百多人，給祕密從教堂送到出口船中的時候，就找到那機會了。

她逃出來了後，就一直走去找她親愛的丈夫，並且把一切實情都告訴了他。被激怒了的丈夫，聽了這消息，心中十分憤恨，就去告訴另一個失掉了妻子的丈夫，另一個又傳給另一個；這樣，一個傳一個地，一直傳了下去，終於傳到全島所有不幸的人都知道了。

你可以想得到，當時，土人聽到這消息後，是如何地激怒的！他們對教士的統治原本就不滿，但是一向都找不到可藉口反對的地方，現在忽然發生這事，可以藉口的機會來了。於是乎，聰明人便出來說公道話，主張不去進教堂，不信上帝，拒絕給教士繳納捐稅，以作對教士和上帝的懲罰。這個主張是很公正的，因此便有許多人出來回應了。

教士們聽到了這些消息後，心內著實害怕，可是他們還裝著很凶的樣子說：

「這些野蠻人造起反來了，不給他們點顏色看看是不行的！」

於是，便有許多牙牙國士兵給派了來，到處抓那些不進教堂，不信上帝，不給教士繳納捐稅的土人，可是正當他們挨戶的進門搜查，就有人跑到街上，大聲的叫了起來：

「同胞們啊，現在我們已經是被逼上絕路了，死亡和不幸，正在等著我們，大家哪個願意等死的？」

等死這件事，是沒有一個願意的，於是：

「不願意等死的就起來，教士用鐵鍊扣在我們的頸子上，已經太久了，扣得我們連氣也喘不過來。現在，他們就是連活命也不給我們了。哪個要活命的？要活命的就起來！集中在一起！到教堂去和他們算帳！要回我們的妻子女兒。不願意等死的人啊！快出來，和我站在一起！」

這個呼喊，比大炮的的響聲還有力，於是在街上便有許多人集合起來了，他們推舉自己的領袖，準備公開用武力去反對教士了。這樣公然的反叛，是大大的出了牙牙軍隊和教士意料的，於是準備挨戶去抓人的，也把已經抓到手的罪犯丟掉，倉皇逃去。至於教堂方面，更是一點準備都沒有。因此，當這些公然出來反叛的土人，去向他們進攻的時候，教士們接著也一個一個的被擒住。

當時的情形，不用我說，你也可以想像得到，成千成萬失去了妻子和女兒的人，重新看見他們的妻子和女兒了；她們互相擁抱著，哭泣著，訴說許多不幸的事情。場面越悲哀，熱烈，緊張，也就越加強了土人對教士的憤恨。於是，他們就決心給這些兇手來點懲罰，那是怎樣的懲罰呢？就是先給他們和野蠻人一樣，赤著身，反綁住手，然後用鐵絲一個個拴好鼻子，用人牽著，滿街遊行示眾。遊行完畢了，就送到海邊去，然後用一塊大石頭把他們逐個綁著，丟進海裡去，大部份教堂，跟著也在那時給搗毀了……。

十一 另一段歷史的傳說：菲菲島如何又落入米米國人手中

舅舅的關於牙牙國教士和教堂的故事，講完了後，那個大堡壘也同時遊完了。於是，他們便重新走出門，在一條林蔭小路，一步一步的走去。不久，路走完了，熱鬧的馬路、車馬也看見了。這兒，雖然已有了熱鬧的馬路，但地方還是屬於公園的範圍，所以，在對著街的梧桐樹下，還放有許多靠背椅子，以便給遊人坐下休息。他們經過一早晨的遊歷講解，這時兩個人都有點乏了，於是便由舅舅提議，坐在那兒休息一會，安安也就同意了。

在他們對面不遠，大概有七八丈遠的樣子，也有一隻靠背椅，椅子上，這時正坐著一個白種人。他一面在抽雪茄煙，看一張報紙，一面把一隻腳高高的蹺起，讓人家替他的皮鞋擦油。在這白種人面前，這時正跪著一個十一二歲的小土人，他一面裝著笑臉，一面在一隻髒皮鞋上加著油，用布條在加過油的地方，擦呀擦的擦著，不一會，那髒皮鞋果然就發著光亮起來了。安安很仔細的看著這個擦皮鞋的小黑人，和他的全部工作經過，等到他擦完了，他以為那白種人一定會很快就給工錢的，但是想不到他卻一動也不動，照樣的看他的報，吸他的雪茄，好像根本就沒有這回事一樣。那小土人，收拾好了工具，還是取著同樣的姿勢，在那白人面前跪著，微微的昂起半面，對他很笨拙的微笑著。沒有問題，他是在等著他給工錢的，但是又不敢開口討。

好，那個白種人的報紙，現在是讀完了，摺好，夾在腋下，站起來要動身走了，但是卻一點也沒有想給工錢的樣子。於是，那個小土人也只好拿起他的工具，隨著從地下爬起，跟在他後面走著。他以為，不久人家就會把工錢給他的，因此還是很安靜的。可是，那白種人現在已經快跨過熱鬧的馬路，到另一個地方去了，看樣子還沒有要給工錢的意思。這樣一來，可大大的把那個小土人急壞了，於是他便不得不急急的走前兩步，在他面前跪著磕下頭去，一邊伸出手，嘴裡喃喃的說了幾句什麼。但是那白種人不理他，還是照樣的走他自己的路，那小土人看樣子不對，弄得更急了，他便伸手去拉他的衣角，不給過街去。就在這時，一件非常緊張的事情便發生了，原來是那個白種人，在這樣熱鬧的地方，給這下等人用很髒很黑的手這麼一拉，就認為是一種大侮辱，大大的生著氣，他站住腳，睜開像電光那樣厲害的眼睛，大聲的向他吆喝一聲，跟著就提起一隻腳，向他身上飛踢過去。那個小土人，實在不曾提防到會有這一踢，於是便一點防衛也沒有的給踢倒了，手中的擦鞋工具，隨著也飛到半空中，又高高的跌了下來，在地上散開。那小土人從地上爬起來，眼見著他的吃飯工具，成了那樣淒慘的犧牲品，內心一急，就哇哇的大哭起來。一面就直著頭，朝那白種人身上撞去，看樣子，他是打算拿自己的性命，去和那「文明人」碰了。但是人家沒等他撞到，已經又是一腳踢來了，他便又不得不慘聲的叫著，再倒回地上。

這事的發生，馬上就引起許多人的興趣，連員警也從遠處跑來了。但是，他並不是來調解，或給那不講理的白種人以處分，反之他卻連聲的對白人道歉，又連連把手舉到帽緣去敬著禮，好像是那個做壞了事情的孩子，是他的親生兒子一樣。當員警向那白人賠過無數個禮之後，就動手去抓那個，這時已經嚇得連哭聲也沒有的小土人。他一邊抓住他的衣領，一邊頻頻的用巴掌在他頭上打著，嘴裡咕嚕咕嚕的說著什麼，好像怪他不該這樣多事似的。至於以後呢？那白人走過街去了，員警便把小土人帶走，帶走了以後呢？安安沒有看見，不知道了。

安安對於這事的發生，心中十分不平，他顯然是同情那個小土人的。為什麼？因為從頭到底他都看見，他是一點也沒有錯處啊！這使他又想起舅舅剛剛說過的，那個關於牙牙國教士的故事了，於是，他就問：

「舅舅，剛剛那個不講理的白人，是不是就是你說過的牙牙國教士？」在他心目中，以為在人類中最不講理的，只有牙牙國教士了。

舅舅搖著頭說：「不，現在這兒已經沒有牙牙國教士了，因為他們老早就給趕跑了，你剛剛看見的那個人，是另外一國的，我們叫他做米米國人。」

「既然是米米國人，就不應該像牙牙國教士一樣的不講理。」

「凡是給人叫做帝國主義的，都是這樣不講理的。因為他們認為除了自己外，都不能給當人看待。」

「為什麼，你剛剛還說這兒是牙牙國教士管的？」

「不錯，牙牙國教士曾經統治過這兒，不過在很久以前，就換了新主人了，這經過是這樣的。」

接著，舅舅舅說了他剛剛還沒有講完的故事：

土人反上帝，反教士的反叛發生後，菲菲島從此就再也無法子平靜了。燒教堂屠殺教士的事，在各地都普遍地發生著，只要什麼地方曾受牙牙人壓迫過，什麼地方就起了反叛。

經過了這樣無數次反叛後，在菲菲島的土人中間，就出現了一個民族英雄。這個民族英雄，就是後來給全島人念念不忘的黎撒。黎撒是一個富家子，從小就到外國去留學，受了外國人一點影響，回到他從前的家鄉後，看見牙牙國教士這樣的兇惡無理，自己同胞像牛像馬一樣的被屠殺被奴役著，心中實在不甘，於是他就決心組織一個革命黨，宣傳打倒牙牙上帝和教士的真理。但是，那時土人還是信仰著上帝和教士的，因此他的宣傳沒有起作用。但他一點也不灰心，繼續宣傳著他的真理，他相信，有一天總會有人相信他的。果然，他沒有算錯，反對牙牙上帝和教士的事情，不久便向野火燒山一樣的，蔓延起來了，他和他的黨徒，見時機已到，就分頭出去活動。

黎撒的宣傳，這時大大的起了作用了，土人在自己生活中，失去了一個上帝，又找到另一個新上帝，這個新上帝是誰？就是黎撒自己。他到處走著，從這個洲到那個洲，從這個村莊到那個村莊，到處被人歡迎著。他們把他當作父親一樣看待，當神一樣的信仰著。黎撒時時搖著他的腰刀，對大家說：

「信仰牙牙上帝和教士的同胞，且去想一想，看自己的信仰錯了沒有？不信仰牙牙上帝和教士的同胞，且跟我走，我能夠上天堂，大家也都上天堂，我不幸下了地獄，大家也一起下地獄！」

呼聲到處跟著他，信徒隨著也一天一天的多起來，於是接著他又宣布說：

「同胞們啊！你們相信自己也可以組織一個政府，訓練自己的軍隊，用自己人管理自己嗎？如果相信，就讓我們來這樣做罷，但是，要怎樣做才能達到我們這個目的呢？第一、我們得有一個組織，人說組織就是力量，沒有組織就沒有力量；第二、我們得有一支自己的軍隊，沒有武力做後盾，革命是不會成功的。過去我們有無數次起義，但是都失敗了，為什麼會失敗呢？就是我們自己沒有一個組織，沒有自己的軍隊來做後盾啊！……」

就這樣，他們組織了自己的政府和軍隊了，接著，這個革命政府，就祕密派人到外面去宣傳革命，向外國人買槍炮，要求一切反對牙牙國的國家援助。

有組織，有計劃的反叛，就這樣長久長久的繼續了下去。

忽然，許多國家都知道菲菲島土人起革命這件事了，他們知道這是一塊富庶的地方，很想也能把它弄到手，再加上牙牙人平時就得罪了許多人，大家正苦於找不到機會打敗他，現在，好了，時機既然到了，為什麼還不下手呢？於是，就有許多國家，同時想來管一管。單說其中有一個國家，叫做米米國的，它在那時正是一個新起強國，力量不下於牙牙國，也想到自己的國土外，去找點殖民地，好發展自己的商業。但是米米國算來算去，都算不出一個妥當的辦法來，因為在當時就他們所知道的，許多殖民地都已有了主人，而且這些主人又都是相當強盛，不大好惹的，這怎不叫他苦悶著哩。正當他在十分苦悶的時候，好時機來了，因為他們忽然就聽見菲菲島土人起了反叛，又恰巧牙牙人對這反叛表示一點辦法也沒有。於是，他們就趕快派了祕密代表，出去和菲菲島的革命政府接洽，說他們極為同情這種獨立戰爭，願意拿自己的力量來援助他們，跟著就運出了一大批金子和槍炮。

那時的牙牙帝國，雖然是到了沒落時期，但是我們也不能過於看輕它，以為它已經連鎮壓土人革命的力量也沒有了，不，它還是有這樣力量的。因此，他們不久又從國內運來了不少軍隊，實行鎮壓的工作，不過叛象已成，就讓你有多大軍力鎮壓，也是鎮壓不下的，因此反叛還是繼續延長下去。

可是，米米國人開始對這樣拖的局面表示不滿了，像這樣拖下去，要拖到什麼時候才能結束呢？土人這些笨貨，真沒有用，還是讓老子自己出馬吧！於是乎，他們便借了一個口實，公開的對牙牙國挑戰了，另一面就叫菲菲島內部土人加緊反攻，結果牙牙國便打敗了。

當米米國還沒有參戰的時候，菲菲島的革命政府，曾經派了一個代表到米米國去，他給引見米米國的大總統，並且說：

「米米國的大總統啊！我們菲菲島的民眾，在牙牙的上帝和教士壓迫下已經過了許多年了。在那兒，我們像牛馬一樣的不自由，主人高興你時，就給你活，主人不高興你時，就給你死；農民的田地，給強佔去了，青年人的美麗妻子，給強佔去了。因此有成千成萬的人，都沒有田地，沒有妻子、女兒。至於小孩子呢？也不准進自己的學校，認自己的文字，說自己的話，還有許許多多，我一時說都說不完。對於這樣的壓迫，我們已經受不了了，所以我們決心起來革命。但是，我們只不過是一個弱小民族，沒有那樣大力量，可以單獨把牙牙人打倒，因此便不得不請求人家的幫助。我們，菲菲島的全體國民，都知道米米國是一個講人道，講信義的大國，既強盛又肯幫助弱小，所以派了我特地來請求你們，幫助我們把牙牙國的上帝和教士，從我們的國土上趕出去，幫助我們自由和獨立。」

說著，說著，那個菲菲島的代表，就滴下淚來，因為他是很受自己的話的感動。那個米米國大總統，也陪著他嘆了幾口氣。不過，他隨後就說：

「菲菲島的代表啊！我聽了你的話後，便十二分的感動，要是你剛剛還聽見我是怎樣的嘆著氣，便知道了。你們的一切，雖然沒經你詳細的說明，我也早已知道了，為什麼？因為我是十二分的關心著你們的。至於說到我們米米國，我們原是一個和平的民主國家，我們所以願意拿自己的力量，來幫助弱小的民族革命，並不是為著自己想得什麼權利，而是為著人類的正義和人道。牙牙國是一個帝國主義，所以它不給你們以正義和人道，以至於使你的同胞，都不得不成了奴隸，過著牛馬生活。現在，我們是決心給你們幫助了，直到把牙牙人打倒為止。至於打倒以後呢？我們米米國，將完全的給了你們以自由和獨立，能夠種自己的田地，能夠進自己的學校，讀自己的書。……」

那代表聽了這些話後，突然就噓噓的哭起來了，為什麼呢？因為他實在太感動了，以至於不得不伸長頸子，尖著嘴巴，去親那大總統的皮鞋。接著，大總統就俯下身去，把他扶起來，接著他又回菲菲島去，接著又把大總統所說的一切話，都寫成文字，接著又印了出來散出去，接著民眾就讀到這些文字且傳了開去。從此以後，土人打起仗來，也就更加勇敢了。

牙牙人，現在是給米米國連同菲菲島人打倒了，從這個島上趕出去了。你以為，這個島從此就太平無事，土人可以自由獨立了？要是你也是這樣想，那你就大大地錯誤了。為什麼呢？為什麼？還不是為那米米國大總統所說的話，都是假的騙人的！要是你不相信，我們就可以看出，當牙牙人的艦隊剛剛退下，就有大批大批的米米國人上了岸來，代替他們的地位。他們不止把重要的城市佔領，還叫菲菲島革命政府把自己軍隊解散。要是不答應解散，哼，你看著就是了，他們會不客氣的把你包圍起來的，這可大大的大大的，叫那個革命政府著急起來了：為什麼米米國也突然的不講信用起來呢？該不會有的事罷，要不然一定是誤會了。於是，黎撤就親自去見米米國的海軍總司令，並對他這樣說道：

「米米國的海軍總司令啊！為了你們的勝利，幫助我們把牙牙人從島上趕下海去，我們是十分高興的！全島同胞，為了這事，特地派我來對你們表示感謝。但是，同時為了牙牙人已經從這島上給肅清了，而我們的革命政府，也十分健全，因此我們，我的同胞們，又叫我來向你提出請求，請求你把你們的軍隊撤回國去，因為我們這時，已不再需要這個幫助了。……」

「什麼？」沒等他說完，那個米米國的海軍總司令，就變起臉來了。他神情十分驚訝的叫道，「什麼？你說的是什麼啊？」

黎撒以為自己口才不好，沒有說清楚，又把那些話重說一遍。米米國的海軍總司令，這次可更嚴重的搖起頭來了。「大概是你弄錯了吧？」他說。「這個島是我們派兵打來的，自然是歸我們的，至於你說的什麼革命政府，我無法承認，因為我們根本不知道有這個東西。」

這樣說來，事情確是嚴重了，因此黎撒的面孔也不得不因為他而變了色。

「沒有這回事，」他嚴重的叫道。「我們的代表，已經和你們的大總統說好了的。」

「你一定又弄錯了，我們的大總統，連你們這個政府的性質也不知道，怎麼會和你們的代表說好了呢？要是真有這回事的話，那麼，請你把證據拿出來看。」

黎撒聽了這些話，登時又大吃一驚，原來當那代表去見米米國大總統時，黎撒忘記了要他和他立個條約，現在事情糟了，他拿不出證據來了，於是乎他便沉默著。

「沒有證據嗎？」米米國的海軍總司令，等了半天還沒有見他答復，就這樣微笑著說。「那麼，還是規規矩矩的把自己軍隊解散，完全歸我們管罷。」

黎撒見一點辦法也沒有，只好回轉去了。當他回到革命政府的所在地，已經先有許多弟兄在那兒等了，當他們看見他回來，就很焦急的問著他道：

「我們的首領，事情交涉得怎樣了？」

黎撤沒有說過一句話，當時抱起頭來就哭，這叫大家都變得莫名其妙了。怎麼回事啊，頭目哭起來了。

黎撤哭了好長的一會，才收住淚，抬起頭，並對他的弟兄們嗚咽著說道：「弟兄們啊！我們已經上了米米國人的當了，他們說：這個島是他們打下來的，是他們自己的天下了，不承認我們這個革命政府，也不給我們自由獨立！」接著，他又報告去交涉的前後經過。「他們要我們仍舊去做奴隸，叫我們自己解散軍隊。」一說著，他又哭了起來。「我們，我們上當了。」

弟兄們見他哭得那樣傷心，情不自禁地隨著也哭了起來，他們就這樣地相對著哭，也不知道哭了多久，才勉勉強強的把眼淚止住。現在，已經不是哭的時候了，當從前牙牙上帝和教士來的時候，他們曾這樣哭著的，但卻仍然逃不了奴隸命運，後來他們覺得哭已經不是辦法了，便改哭泣為叫號，結果牙牙人便給趕跑。現在，米米國的上帝和商人，代替了舊有的，難道大家還忘不了從前的教訓？還要那樣的哭？不，不能哭！那怎樣辦呢？於是便有人跳上桌子，對大家說話了，大家抬頭一看，原來正是黎撒，他說：

「哭什麼？難道這是哭的時候嗎？」不是哭的時候是什麼時候？「從前牙牙人不給我們自由和獨立的時候，我們曾經起來和他們打，結果他們便敗了。現在米米國來了，要是他們也不給我們自由和獨立，我們也要用對牙牙人的方法去對付他們，要是誰不給我們自由和獨立，我們就打誰！」

「贊成！」所有的手都舉起來了。

「你們哪個贊成把自己的軍隊解散的？」沒有一個贊成。「哪個贊成給米米國人做奴隸的？」也沒有一個贊成。「那麼，我們就用這個革命政府的名義，對米米國人宣戰！」

「贊成！」

於是乎戰爭又起來了，這次是米米國對菲菲島。

不過，這次戰爭，菲菲島卻沒有得到勝利，因為它的外援已經完全斷了，加上米米國的作戰方法，又比牙牙國來得高明。結果是，黎撒戰死了，革命軍隊被消滅，革命政府倒臺，剩下有一部份人，就朝摩洛深山野林內去做生番。

米米國打勝菲菲島後，就索性宣布它為自己的殖民地，跟著又出了許多布告，比方說：菲菲島土人一律不准進自己學校，讀自己書，認自己文字，如違處死……等等。還有許多是從前牙牙人做過的，他們現在也一樣做著。不過也不完全件件相同，牙牙國教堂現在就不准存在，代替著它的，是許多米米國教堂，從前教堂裡的教士，是有生死大權的，現在卻沒有了，他的權都握在米米國商人的手裡，因為他們不但也收買田地、椰園，還開著工廠和別的公司哩。安安啊，你剛剛看見的那個擦了皮鞋，卻不給錢的人，就是這樣的一個商人。

十二 在上摩洛的途中

回轉家後，安安睡了一個很長很長的覺，到底有幾日幾夜，經過多少時間，他因為是睡著了的原故，一點也沒有記清。只是覺得，有一陣轟隆轟隆的聲音在他耳旁吵著，便醒轉來了。可是當他睜開眼睛一看，卻禁不住就大大的吃驚，為什麼呢？因為他發現自己已經在一個完全陌生的地方了，他覺得裝著他的，已不是從前的房子，而是一棟又長、又狹、又矮的木房子，一幢會自己跑路的房子，在房內放著一排排的長凳，凳子上坐著許多叫人驚奇的人，在這些人中，男的就戴著各種顏色的，像桶子一樣長長的帽子，穿著繡花的無領襯衫，有的赤足，有的只登著木屐；女的則打著髻，上身是一條短紗褂子，兩肩配著同樣顏色，同樣質料的兩隻翅膀，下身則是一條長到直拖在地上的花布裙子。還有許多，他也認為是奇怪的人。這些奇怪的人，很安靜，不大說話，有的在抽著煙，有的則在嘴裡嚼著檳榔。因為這房裡震動得很厲害，所以他們就不時隨著搖擺的節奏，一前一後一左一右的搖晃著。他一時很不解，到底這是一個什麼樣的地方？為什麼他會到這兒來？而且這房子還在那兒搖擺地走著，到底要走到哪兒去？他並不希望離開他住著的地方啊！在那兒，有舅舅會看顧他，帶他去玩，看許多奇怪東西，講奇怪故事，現在，他卻只有一個人，給這木房子裝著，走起路來。沒有舅舅，他怎能一個人到處亂走呢？他想著，覺得有點悲哀，跟在那一陣悲哀之後，他又想流淚。可是，他沒有流出來，為什麼呢？因為他突然又不想流淚了。為什麼不想流呢？各位猜一猜，原來是他鼻子剛剛哼了兩聲，嘴巴扁著，想流淚的時候，忽然發覺有一隻手輕輕的在他身上一碰，這一碰就叫他掉過頭去看，看了之後，就把快要流到眼眶內的眼淚縮轉去。這到底是怎麼回事呢？因為他忽然看見舅舅了。舅舅真怪，為什麼早不通知他一聲，他就在這兒，當人家急得要哭了，才拿手去碰人家一下，並且你看，他還笑迷迷的笑著哩。

舅舅迷迷的笑了一陣之後，就說：「睡醒了？」

安安點一點頭。

「我們在這火車上，已快過一天一夜了，但是你卻盡睡著，好像從沒有睡過的樣子。不過，這時醒轉來也好，因為我們就快到了。」

舅舅剛說到這兒，突然有一種聲音嗚嗚的哭將起來，接著這個一路震撼著的木房子，也就停下，接著所有坐著的人，都站起來，拿他們身邊攜帶的東西，一個跟一個的朝出口處走去。舅舅也從座位上站起身，夾在這些人中間，朝出口處走去，安安在他後面，緊緊的跟著。

現在，他們是在一個車站上了。可是，這是一個怎麼樣的地方啊？地方是陌生的，人是陌生的，一切景物也是陌生的。最使安安看不慣的，就是這兒的人，都是很不怕羞的，比方女人，除了下體有一小條花布圍裙遮蓋著外，其餘的地方都是光赤的。可是她們卻像若無其事的樣子，在人家面前走來走去，讓她兩隻奶子在胸膛上搖擺。至於男人，也是一樣。這些不怕羞的人，擠在這車站上，大概都是來做買賣的，做的卻都是一些水果買賣。她們或者用一面大簸箕，盛著香蕉，還有一些不知名的水果，頂在頭上，或者在路旁擺成攤，當客人走近時，就像炒豆子一樣的爭相吵叫著，兜攬自己的生意。

安安對於自己，忽然的，在這些不怕羞的人們面前走著，覺得十分臉紅，他的心急劇的跳著，臉都漲紅了，頭卻是低著的，眼看住地下，似怕多看了她們一眼，就會發生什麼似的。至於舅舅，安安實在也想不到，他也是那樣不怕羞，他不但不臉紅，反而時時拿眼睛，在她們中間看來看去，有時還和她們中間的什麼人，打著招呼，說了句什麼話，跟著又是哈哈的露著金牙齒，發出一陣大笑。

他們在車站上走了好一會，到了一家像是吃食店的鋪口，舅舅忽然就止住腳步，回過頭來對安安說：

「你肚子餓了沒有？我們進去吃午飯。」

說著，他們就跨進店去。

這是一家設備極為簡陋的吃食店，主持的也是一個不穿上衣的女人，不過，她和安安在火車站上所看見的，賣水果的女人略為有點不同，就是她們都是把頭髮打成一個髻垂在後腦頂，而她卻是散開直讓它在背上披著。除了這個中年女人外，還有一個十二三歲的男孩，他真是忙得厲害，不時要從這兒走到那兒招呼客人，不時又要管賬收錢。至於客人方面，這時也有好些個，男的、女的、文雅的、粗魯的都有，但是對於他們安安也很看不慣。當那個小聽差，從那中年女人手中接到一盤冷飯菜送到他們面前時，他們不用筷子扒著吃，卻用左手當筷子抓著吃，吃飯為什麼不用筷子，卻是用手呢？這使安安深深的感到不安，用手抓著吃是很不衛生的，吃不衛生的東西，人是會生病的，但是這些土人為什麼不怕生病呢？剛想到這兒，那個小聽差已給他和舅舅送了兩盤東西上來，可是也沒筷子。安安對這盤沒有帶筷子的冷飯菜看了一眼，不知道該怎麼辦好。又拿眼睛去看舅舅，他以為他一定會向那店主人要兩雙筷子來的，但是他卻不，只從身上拿出手巾來，在手上擦了一會，就學土人的樣子，也動手抓起飯來吃了。「吃罷，」舅舅說。「就這樣吃。」一吃就吃好了，舅舅既然也是這樣吃法，安安為什麼一定不肯呢？於是他跟著學起樣來，但是他卻用錯了一隻手，於是，舅舅當他第一口飯還沒有送進口，就不得不出來糾正他了。

「安安，」舅舅說。「你把手用錯了，要用左手不能用右手，不然，給人家看見了要笑話的。為什麼呢？因為這兒的人，都是拿右手來揩屁股，左手來抓飯吃的。」

這的確是一件新奇的事，揩屁股人家用的都是草紙，而他們卻是用右手，不過，……

「這是幾百年前流傳下來的習慣，」舅舅說。「我們既然是到了他們的地方，也只好將就將就了。」

說著，他又低頭去吃，好像是安安所看見的土人一樣熟練。安安雖然也勉強的學著樣吃，但是卻很不自然，以至於惹得坐在別桌子的土人，都回過頭來對他看，人家越看，他就越覺得不便，終於沒等一盤東西吃完，就索性的放下不吃了。

舅舅會完了鈔，就帶安安重新上路，不久他們就到了一個公共汽車站。買票上車，在半個鐘頭後，客坐齊了，車子也就喘著氣，朝一條公路上開出去。

當車子在那炎熱的太陽光下走著，還不到十五分鐘，安安按照他平時的習慣，不知怎的，又不知不覺的呼呼的睡著了。

十三 中國人露德的悲哀

公共汽車載著舅舅和安安，到一個摩洛小市鎮。這個市鎮，是怎樣的一個鎮呢？街道是很狹的，兩旁也只有二三十間用鋅板蓋的房子，在這些房子內，就開設著一些規模不大、賣吃食品和日用品的店鋪。你不要以為街道小，店鋪不多，卻居然也有兩家掛中國字招牌的店子。這個市鎮，除了這些房子和店鋪外，還有一些什麼呢？不錯，還有一所小市場。在街道上是很冷清的，在那個小市場上卻是十分熱鬧，因為全鎮一兩萬人，除了那些不想拿土產出來拍賣，或買點用品回去的外，都要到這兒來的。因此，每天一早，這兒就熱鬧了起來。有步行的，有用牛車馬車運貨物的，真是各式各樣都有，到了八點鐘的時候，一陣鑼聲敲起來了，所有集著的人，便開始做買賣，交換他們的貨物，聲音吵得和蚊子蒼蠅嗡嗡叫著的一樣厲害。除了那些來做買賣，互相交換貨物的外，還有別的人沒有？有的，那就是一些不務正業的青年人，他們身上穿著時髦衣服，腋下夾著一隻公雞，搭在熟人的牛車上，走上一二十里來趕市會。當他到了小市場後，就跳下牛車，把公雞在自己胸前捧著，在市場內走來走去，找尋他們的對手。當他偶而碰到同他一樣裝束，一樣捧著一隻寶貝公雞的人的時候，他就要走上前去，用輕蔑的神氣，嘲笑對方的公雞，說它實在太不行了，為什麼不行呢？他就隨便找了一些無中生有的缺點，隨便加上它的身去。當然，凡是有血氣的人，都會受不了這種不友誼的侮辱的，於是對方就接受了這挑戰，用同樣的神氣，回答了他的嘲笑。於是，他們很快就進到談判階段，決定用多少錢來賭，看哪個人的雞猛，把對方打倒了，那個人就算贏。反過來說，就算是輸了。不過，只有他們兩面，在手續上還是不算完全的，還得再找一個公正人。這公正人，是有專門的人當的，所以也不愁會找不著。好吧，現在公正人已經找到了，他們就退到一個寬曠的地方去，把公雞面對面的戲弄著，等到雙方都因對方無理的挑戰，而發起怒來，睜大著雞眼，舞著腳爪，拍起翅膀，恨不得馬上撲向對方去，才由公正人發出號令：「一、二、三放！」雙方雞主人將公雞對撞了三次頭，便遠遠的退下來，靜觀他的鬥士戰鬥的成績。

現在是，雞和雞開始用最最可怕的姿勢，互鬥起來了。它們拿嘴巴去啄對方的頭，用雞爪抓住對方的頸，用翅膀互碰，在它們周圍，一丈左右，看熱鬧的許多人圍成了個圓圈，他們不時發著驚呼，大笑，還有一切詛咒聲音，用來稱讚和嘲笑那些鬥勝或鬥敗的公雞。他們就這樣鬥下去，一直到兩方面中，有一方的公雞給啄得頭破血流，敗下來，拼命的繞著人圈子走才算結束。到這時，公正人便從人叢中出來宣判，並且讓雙方的主人，都伸出友誼的手來。敗雞的主人，把應輸的錢交出來，勝雞的主人把應收的錢收下，又分出其中的幾成給公正人。公正人收到錢，便去找另一對主顧，一場戰鬥也隨著他的離開，結束了。

當安安和舅舅趕到市集的時候，正遇到好幾圈人在那兒圍著看鬥雞，他心內十分稀奇，也雜在人群中看，當他看完一場戰鬥，就問舅舅這是什麼意思，舅舅便告訴他說：

「這叫做鬥雞，每天每個市場，都有很大的輸贏。不過，有時也不一定要雞主人自己去賭，有錢人也常常雇請人家的雞代他賭，賭輸賭贏雞主人可不管，橫直他總能收到一筆租金。」

舅舅的話剛說完，他們已經到了街上，並且就在一家掛中國招牌的店門口停住。「有沒有人？」舅舅在店外，敲著一隻木櫃子叫。裡面不久，果然就應了一聲，走出一個中國青年人來。他開始神情不大好看，好像正在裡面弄些什麼，忽然給人吵擾了，現在看見叫他的，不是別人，卻是舅舅，當時就堆下笑容說：

「是什麼風把你給吹到這兒來啊？舅舅。」

奇怪，這個人也叫他做舅舅。原來是，舅舅這個稱呼從很久以來，已經成了這個老年人的名字了。

「我是剛剛到的，」舅舅回說，一邊走進店去。「讓我給你介紹一個人罷，我的好露德。」

原來這個青年人，就叫做露德。舅舅說完了這句話，就把安安介紹給露德。並且說：

「為什麼你店裡一個人也沒有？你的夥計呢？他們都到哪兒去了？」

露德聽見舅舅問他這句話，就傷心起來了，於是，他重新堆下愁容，嘆道：

「夥計都辭退了，現在這店裡只剩下我自己一個，什麼事都得自己動手，你剛剛所以會看不見人，就因為是，我剛到裡面去燒飯的原故。」

「什麼，現在連飯也要你自己燒了？」

「可不是，現在什麼都得我自己動手做了。」

「為什麼？」

「說來話長哩，請進去歇息一下罷，過一會，我會慢慢告訴你們的。」說著，他就把這兩個客人帶進內屋去，並且叫他們把自己的行李，安置在一張空鋪位上。

當露德再回到他的小廚房弄飯的時候，舅舅就偷偷的告訴安安道：「安安啊！你覺得露德是一個怎樣的人？是不是一個很可親近的人？是的，他的確是一個很可親近的人，我和他已經有九年交情了，每次我到這兒來收買椰子乾，總要住在他這兒，請他幫忙。現在，我們又得暫時的在他這兒停下，等到椰子乾收買完了再走。」

說著，舅舅就單獨出門去了。他是去拜會他住在這市鎮上的舊相識的，一直到了晚上，才回轉來。

現在鋪面給關上了，晚飯也用過了，他們三個人就圍住一盞油燈坐著，露德用手托住下巴，瞪瞪的望住油燈不響，舅舅在抽旱煙，安安則有點不知所措地坐著不動。

「露德啊！」舅舅忽然放下口中的煙筒說。「我一點也不明白，你為什麼忽然這樣的節儉起來了。」

「為什麼嗎？」露德嘆息著說。「為什麼嗎？因為不這樣，我這間店就無法維持下去了。」

「這是怎麼說的，我的好露德？」

「還不是那樣，」露德嘆著氣說。「米米國人來和我們搶買賣了。」跟著，他就說了一個故事。

「原來在十二年前，這兒還是個荒村，沒有一家商鋪，沒有一間成樣的房屋，沒有一個中國人，更沒有現在這樣好的街道和市場。可是，不久我正因為有事，經過這兒，看見這兒地勢好，土人又忠厚和氣，氣候也很合適，就決心留下做點小買賣。生意果然很是發達，本錢也慢慢的從一百元變成二百元，從二百元又變成三百元，最後就成了我這家有三千元資本，四個夥計的雜貨商鋪了。」

「你們都看見，這市鎮現在是很繁華了，為什麼會有這條馬路？為什麼會有這個市場？都是由我一個人，首先提倡才興建起來的。十幾年來，這兒的土人對我很好，我對他們也很客氣，我們是和平的相處著的。可是，從去年春間，有了幾個米米國人到了這兒，我便不得不開始倒楣了。」

「為什麼嗎？還不是一件很明白的事，因為在這兒，一向就是出產樹膠的地方，米米國人認為這筆生意大可以投資一下，於是那一批叫做工程師什麼的，走過之後，不久便帶了另一批人來。他們又經過了許多調查、計劃，才決定在離這兒幾裡路外的一個村莊，建築起樹膠工廠，工廠建築完成，他們又用政府的力量，強迫收買農民的樹膠園，限制土人做小手工。土人的樹膠園既然沒有了，小手工業也不能做了，那結果也只好都到米米工廠去做工。米米人的樹膠工廠一開始就很發達了，他們每個月都有很好的入息，但是他們發給工人的工錢卻極低，而且規定了不發現錢。發些什麼呢？發的是一種工廠老闆自己印刷的鈔票。這種鈔票差不多就等於一種廢紙，只有在他們工廠轄內的地區，才可以流通，只有拿到工廠老闆開的的商店，去換取公認的必需品才肯收用，如果出了這個地區裡，那麼它便要成為廢紙了。」

「米米國老闆，為要消化工人從他身上拿去的工錢，他就在工廠外，興建起許多新街道，開了無數日用品合作社、公共食堂、賭場、妓院等等，總之凡是可以消耗人家的金錢和精力的事業，他們都辦。更重要的，就是他們不止提倡大家學壞，還把他們出賣給工人的東西的價錢，盡可能的提高。有人曾替他們計算過，在他們那兒，同是一磅麵包，要比外面貴到三分之一的價錢。結果是工人們每天辛辛苦苦的，用勞力向老闆換到幾張廢紙，不上幾個鐘頭這些廢紙，又透過什麼合作社，什麼吃、玩的場所，流到那老闆的袋裡去。結果是，這些米米國商人一天一天的胖起來，工人和我們這些靠這兒工人做買賣的人，一天一天的瘦下去了。你剛剛奇怪：我為什麼把店裡的工人辭退，其實不辭退又有什麼辦法呢？因為我這間店鋪，現在是一天不如一天，已經到了隨時隨刻，都可以關門的地步了。」

說著，說著，我們這位好露德，便禁不住又深深的嘆息起來了。

十四　「文明人」和「野蠻人」

第二天清早，舅舅便出門去了。他是到附近各村莊去收買椰子乾的。安安沒有和他同去，他和好露德留在店裡。小市場雖然已經開市，而且和往常時一樣熱鬧，鬥雞也是一對跟著一對在進行著，但是在街上卻非常冷清，等了大半天，也難得能看見幾個人來做買賣。因此，我們這位好露德，又不得不時時看著他賣不出去的存貨，嘆起氣來了。

可是有一件很不幸的事情，忽然在這時發生了。原來有一個米米國男人，拉著一位米米國女人，在街上出現。在這樣荒野的地方，一個白面孔男人拉著一個白面孔女人的膀子，在街上出現，是不很常有的，因此就引起了街上大群大群的小土人，跟在他們屁股後面走，好像跟著看大把戲一樣。跟著看有什麼關係？偏偏這些小鬼，又喜歡評手品足的嘲笑他們，一個自認為是「文明人」的人，忽然在街上公然給一群「野蠻人」嘲笑，實在是有點不大那個的。因此，這兩個「文明人」的面孔，登時就白了起來，那個女人，甚至還要滴下眼淚，他們越難為情，跟在他們後邊的小土人，也就越得意，到後來那個男的可就發起怒來了，他在街上聲勢洶洶的站住，回轉身去，大聲斥喝著，舉起右拳在空中晃了一晃，對那些小鬼做著威脅的樣子。這些威脅的手勢，和那一陣狗吠似的叫嚷，在他看來，以為這些小「野蠻人」一定會吃不消，而紛紛嚇退的。想不到，他們一點也不怕，反而彼此對望著，裝著鬼面，哈哈哈地大笑起來了。有一兩個小的，甚至馬上就學起他的手勢，原封不動的搬出來表演，叫他的同伴看了以後，也不得不發出一陣狂笑。大家可以想得到那兩個白種人的狂怒情形，是到了怎樣地步，因此那個女的就傷心的滴下眼淚，男的便很迅速的把手伸到衣袋裡去，拿出一支手槍來，接著就瞄準，接著就對那群得意忘形的小土人，一連砰砰的放了幾槍。當那槍聲發出以後，街中的店鋪都紛紛的關起門來，小市場那邊的人也驚慌的亂奔亂跑，以為發生了什麼大禍。等那兩個行兇的白種人走過小市場了，才有人敢重新出來，跑到街上一看，已經有一個小孩給打死在那兒，一個受了重傷，看樣子也活不久了。露德剛剛走到那個屍骸旁邊去看過，回來不久，就看見有一個中年女人，披散著頭髮從街頭出現，她張開著兩手，一邊奔跑著，一邊呼號著，直撲向屍體那邊去。可是不久，她就給人團團圍住了，所以安安沒有看見她，露德一邊忙著打開鋪面，一邊就搖頭嘆息著說：

「可憐的人，就這樣給打死了！」

「這兒沒有員警嗎？為什麼他們不來抓兇犯。」

「員警才不管這些事，他們只有在米米國人吃了虧的時候，才出來管的。」

安安到這兒就沒再問下去了，因為舅舅恰在這時跨進門來。可憐的舅舅，這時已是一身大汗，神色沮喪，一進門就把手中的小提袋，朝桌上一丟，重重的嘆了口氣道：

「露德啊！一切買賣都給米米人統制去了，我看，我們中國人在這兒可以不用吃飯了。」

「為什麼呢？」

「我和你一樣，突然的遇到競爭了，並且也給打倒了。你以為這個競爭者是誰呢？原來就是你所說的那些米米國人，他們不僅做樹膠生意，日用品生意，還有椰子乾也要包辦了。」接著，他又說他今天出去的經過。「你想我跑了這樣遠的路，滿以為一到就可以很順利的做買賣的，哪兒知道今天出去一跑，情形就大大的變了，土人們都不肯照市價賣給我，他們要很高的價錢，這個價錢，無論什麼人都不肯出的，開始我覺得奇怪，後來向人家一打聽，才知道我已經遇到競爭者了。他們都是掛米米國牌子的，人數有三個，自備有馬車。他們把一架磅秤，和一些要和農民交換的日用品，裝在馬車上，就到各村去巡行，凡是我要去的地方，他們都已預先走過了。……」

「他們收買他們的，你收買你的，有什麼關係。」

「所以，你就沒看透這點，他們也不知道從什麼地方打聽到消息，說我也是做這類買賣的，在無意中，我們又在村裡互相碰著了。他們開始，也是用和我一樣的價錢收買，五分一磅，可是見我到了，馬上就把價錢提得很高，高過原來的三分之一，這樣叫我怎樣下手呢？但是他們卻大批大批的買了進去。……」

「難道你不會和他競爭？」

「像這樣做，是要蝕本的，怎好競爭。」

「但是，他們為什麼可以做？」

「開始我也想不通，照現在最高的行情，無論如何值不得這樣多的，難道他們是瘋了嗎？可是，後來我跟他們走了好幾家，親眼看見他們的做法，才知道他們也有他們這樣做的道理。」

「什麼道理？」

「什麼道理嗎？」舅舅狠狠的摸一摸嘴唇上的鬍子，很是不平的樣子。「他們是在用狡計騙土人啊！我到菲菲島有四十年，在洲府來來去去也有二三十年，也不知道做過多少椰子生意，卻從沒看見像這樣毒辣的欺騙方法的。你以為他們是傻子嗎？為什麼要用馬車，運著一個又笨又重的磅秤到處走？原來他這個磅秤是一個特別的磅秤，裡面裝著機關，當他們出的價錢大時，他們就儘量的使磅碼低下去，明明袋裡的椰乾已有一百磅，放到他們的磅秤上，卻只剩了六十磅；反之，他們自己拿出去交換的東西，如糖、鹽、麵包等東西，明明只有十磅重，經過他們的磅秤，又成十二磅或十三磅了。」

「你為什麼不拆穿他們的狡計？」

「對土人嗎？這是沒有用的，因為他們每個人，都有貪小便宜的習慣。他們只知道自己的椰乾，賣給米米國商人可以得到每磅六分半或七分價錢，賣給中國商人，卻只有五分到五分半，別的便不管了。要是你對他們明白說出來，不但要得罪米米國人，就是土人自己也不會相信的，因為，他們會以為你是在吃米米國人的醋。」

「這樣看來，你在這兒的生意可不用做了。」

「沒辦法，只好到那些沒有競爭的地方去了。」

舅舅最後這樣說著。

十五　到爬倒地去

沒有生意做，舅舅就變得十分討厭這個小市鎮了。

因此，在他們到達這兒的第三個早晨，他就對安安說道：「把鋪蓋收拾起，我們要準備走路了。」

安安也覺得這個小市鎮有點討厭，於是也很賣力氣的去打鋪蓋。當他們把行李收拾好，又辭別了那個正直的悲哀的好露德，就上了一輛運貨馬車，讓它拖到另一個市鎮去。

他們很寂寞的，在一片又荒又野的山地上走。

太陽熱得像火一樣燒人，又沒有一點風，坐在搖搖擺擺的車上，真叫人心煩，想打瞌睡。舅舅嘴裡含著煙斗，眼睛失神的看著前面，馬車夫卻用了一種極為難聽的調子，正在和馬說話。至於安安呢？卻是早就睡著了。和往常時一樣的，他也不知道自己到底已經睡過多久，車走過多少路，正在朝什麼方向走。他只覺得自己像是給裝在搖籃裡一樣，隨著一種難聽的聲音，一前一後一左一右的搖晃著。

可是，奇怪，這個搖籃突然停著不動了。這叫他從夢中大大的吃了一驚，醒了。當他睜開眼睛向四周一看，才知道自己是坐在馬車上，而這輛馬車又正停在一條又狹又小的沙道上。在路旁，有一列椰子樹，樹的後面，又是一條小溪，小溪流著很清的水，水似乎很喜歡饒舌，不曾停歇的，在那兒說著什麼話。

這輛馬車是停在椰樹蔭下的，馬車夫已從駕駛臺上走下去，替馬解去身上的負擔，解完了，又把它引到小溪邊去飲水。舅舅也已下了車，正在後面的樹蔭下，一前一後的走著。安安原本也打算在這時下車去，但是沒等他來得及動身，早已給一陣很尖很亮的笑聲給吸引住了，他對於這種笑聲，覺得十分奇怪，這兒不過是一個很僻靜，很寬闊的野地，哪兒來了這笑聲？莫不是白天做夢？但是事實上，卻一點也不像是做夢，因為跟著他又聽見那同樣的笑聲了。到底是為了好奇，或是別的原因，他一點也沒曾想到，就隨意朝那發出笑聲的地方，掉轉頭去，並且就在溪旁的矮樹中，搜索起來了。他這樣搜索著，搜索著，過了好長的一會，果然就搜到了。你們以為他這時所看見的，是一些什麼？原來卻是四個青年女子，她們都是赤身裸體的，披著一頭長髮，站在有樹蔭的流水中，每人用一個紅泥瓦罐，盛滿了水，直從頭上淋下，她們這樣做著，似乎是很快樂的樣子，因此也不時拿水潑到別人面上，頭上或是背上去，作為遊戲。她們以為這樣做著，是不會有什麼人看見的，卻想不到居然在一輛馬車上看見一個人，在這兒悄悄的偷看，於是，她們同時都像給人家猛不防刺了一針似的，驚號一聲，就都沉到水裡去了。安安對於這四個青年女人，突然的驚號起來，沉到水中去的事，甚為吃驚，他以為事情是極度的壞了，這一沉，起碼也會給鱷魚吞去大半。

不久，馬飲好水，重新給套上車子，舅舅也上了車來，接著那車夫叱喝了聲什麼，車便動了起來。安安對於他們的重新起程，似乎並不曾感到什麼興趣，因為他正在關心著，那四個沉到水裡去的青年女子：也許她們的父母，又不得不為著她們走去哀求巫師報仇了，也許再過一下，又會有鱷魚給判徒刑了，也許，也許……正想著，初初聽見的那種又尖又亮的聲音，又在他後面追著來了。他急急的從車上回轉去看，原來就是他剛剛看見沉下水去的那幾個人，她們這時，已經爬上溪岸，正在對他們的馬車搖著手哩。

「還好，」安安暗自想道。「她們沒給鱷魚吃掉。」跟著就安心了。

十六　關於脫身番的神話

到了黃昏的時候，在他們面前，就遠遠的出現了一個鄉村。這個鄉村，叫做爬倒地，舅舅告訴安安，他們得在這爬倒地住上一個時期，因為他們要辦的事情，經過了這麼長的一段時間和路程，還是一點成績也沒有。

進了村後，他們又找到一條小街道，又在一家掛著中國招牌的店鋪門口停住，這店的老闆，也是一個熟人，因此他們便被很客氣的招待著。他們把行李鋪蓋打開鋪設之後，舅舅就一個人出門去了，他是到幾個本地熟人那兒去打聽：那幾個米米國收買商，是否也已到了這兒？

等舅舅走了，安安的肚子，忽然絞痛起來了，他想：倒楣，要拉屎了！於是拿了草紙，就要到廚房後去找毛廁，但是盡找都沒有找著，後來他又伸長鼻子去聞，以為只要聞到什麼地方有臭味，他便可以在什麼地方找著了。而結果呢？有臭味的毛廁，一個也找不到。他只得重新退回來，坐在房中納悶：這兒人真怪，開了店鋪，卻不設毛廁。

舅舅只出去一會，就回來了，好像是還沒打聽到什麼消息。於是，安安就走去請教他：關於找毛廁的事情。

舅舅微笑著說：「怪不得，在這兒居住的人家都不上毛廁的。」

「不上毛廁，大便急了怎麼辦？」

「挖地洞啊！」

「為什麼要用地洞，毛廁不是比地洞衛生方便？」

「你不知道。」舅舅說。「關於這事有一個故事的。」

接著，他就說了下面這樣一個故事：

安安啊！你已經知道牙牙人怎樣來統治菲菲島，以及米米國人，又怎樣從牙牙人手中，把這個寶島奪到自己手中，又怎樣撕毀了自己的信約，不給土人以自由和獨立，因而又引起了一次新的叛變等等。記得在上一次，我告訴你這個故事的時候，曾說道：米米國人因為要鎮壓這個土人的叛變，曾用了武力向他們進行過無數次征剿，後來這反叛，雖然在武力強制下粉碎了，但是卻也有許多不願做亡國奴的土人，躲到深山野林去做生番。這些生番，大都是很不幸的，他們中：有的是，丈夫給米米國人殺死的寡婦，有的是，失去了父母的孤兒，有的是，沒有田地的農民，有的是，失去了工作的工人。他們雖然是從許多不同的地區來的，說著各種不同的話，還有，各人都有一個不同的悲慘故事，但是他們卻有一個共同的信念，那就是不做奴隸，不做亡國奴。你也許以為他們離開了白種人的壓迫，退到深山野林內，過的生活就是很快樂了？事實上卻不然，我們都知道米米國人是很狡猾的，他們雖然不能用槍炮來傷害這些不受感化的人，卻能用許多新的方法來攻擊他們，比方在這些深山野林的出口處，設立封鎖線，叫你無法出入；比方派飛機去散播疫病菌，叫土人傳染疫病。還有種種別的辦法，因此這些生番的生活，過得十分陰慘。但是，他們卻仍舊死守住最後的那塊自由土地，不肯出來投降。還有，這些土人雖然生活在深山中，過著苦日子，但是他們也沒有一刻不懷念著他們從前的家鄉。因此當他們生了懷鄉病的時候，就去祈求神的幫助，使這些米米國人早早滅亡。據說是，神很憐憫了這些人的至誠，就降給婦人們以一種神方，使她們去消滅白人，這是一種什麼樣的神方，就是能夠使常人忽然的變成一個「脫身番」。

「脫身番」到底是怎樣的一種人？說來奇怪，但的確是有人看見的。據說，在白天，這種「脫身番」是和我們平常人沒有兩樣的，她照樣得做著常人做的事，說常人說的話。但是一到深夜，卻就大大不同了，每到月亮初升，椰子樹輕輕抖著微風的時候，這些「脫身番」只要把符咒一念，人登時就能夠自動的脫成兩節，腰臍以上是一節，腰臍以下又是一節。下半節照例是留在家裡不動，上半節卻要披散著長髮，睜開像星星一樣發閃的眼睛，用兩手做翅膀，無聲的離開自己屋子，高高的升在半空中。像這樣，她們一個一個的升在半空中，在月光底下，緩緩的飛翔著，直到數量已經很多，可以編成一個大隊了，才由一個頭目率領著，直朝深山外飛去。這種「脫身番」據說有極好的嗅覺，又能知未來，所以她一飛上半空，只要把鼻孔輕輕的嗡動一下，就能夠聞到什麼地方有米米國人，什麼地方有做過壞事的人，聞到之後便分隊飛去。

我們要知道，在很久以前，還沒發明抽水馬桶的時候，米米國人大便時，大都是去上一種露天毛廁。這種毛廁，又恰是一點防禦也沒有的，因臭氣能到處分散，「脫身番」其所以能在深夜知道什麼地方有米米國人，什麼地方沒有米米國人，都是從那上面聞到的。當她聞到之後，就直朝它飛來，飛到之後，就集中全力，不管它有多少完全的吃了去，直到她們認為心滿意足了，才在半空會齊，重新飛回深山野林內去。到第二天，她們仍舊變成常人出來做事。

大便被這種「脫身番」吃去的米米國人，從他的大便被吃去的那天起，便要感到身體十分的不舒服，像是病著的樣子。跟著，飯量也就一天天的減少，面孔開始黃瘦了，不上一兩個月工夫便死了。就是因為這個原故，在當時死了很多米米國人。人一死多，他們就著急起來了，但是誰都找不出這些人致死的原因，就是最有名的大科學家，也沒有兩樣。就這樣過下去，米米國人又莫名其妙的死了一大批了，正當這事成了件疑案的時候，忽然有人在報紙上寫文章，告誡那些到露天毛廁去大便的人，叫他們特別小心。為什麼呢？因為有一天晚上半夜三更，他上毛廁的時候，就親眼看見一群在空中飛著的怪魔，這些怪魔，據說在他的前後左右，睜著兇惡的眼睛，不依不舍的飛著，直到把他擾的急起來，向她們瞄準好開了一槍，才突然消失。這一篇文章，在當時是很有作用的，因此就有許多米米國人，成夜不睡覺，拿著槍守在毛廁旁邊，看見那些怪魔來了就開槍，偶然也有把她們打中的，但是卻無法捉著，這樣一來，全島都騷動起來了，沒有一個不惴惴不安的。

這是一件很討厭的事情，哪個可以不大便？大便過後，哪個又有這樣多工夫，成夜去守住它？於是便有聰明人出來想對抗辦法了，結果就發明了一種馬桶，叫做抽水馬桶。在這種馬桶，拉完屎以後，只要這麼一拉，把水櫃裡的水放出來沖洗一下，就可以把大便完全沖下地底陰溝裡去了。這種辦法雖然好，但卻有許多限制，比方說裝這種馬桶就需要有自來水，如果在沒有自來水的地方，該怎麼辦呢？好，不久新辦法又來了，那就是用鑽地洞辦法。在拉屎以前，先挖好地洞，拉完以後，就拿土把它蓋上。在這兒，你之所以找不到毛廁的原因，就是為了這一件事。

說著，舅舅就帶安安到後面一個小曠場去，果然有許多小地洞，在這些地洞中，有的已經給土堆好了，有的還是空的。

「我們又不是米米國人，為什麼也要學他們的樣子？」安安還有點不明白，便開著口問。

「為什麼嗎？這還不簡單，就是怕這些脫身番偶然粗心，或弄錯了，把那些不是米米國人的大便吃去。」

安安覺得這話是很有理由的，也就沉默著了。

十七　摩洛下山

到了晚上，舅舅又出去了。但是，當他回來後，便變得像前兩天那樣不快，他對安安說：

「倒楣，明天一早我們又得走了，因為我剛剛又在路上，碰見那幾個米米國收買商。」

「就這樣，他們來了我們就走嗎？」

「一點不錯，因為我們無法和他們競爭。」

安安內心十分不願意，可是他也不得不早一點去休息，好在明天一早趕路。到了第二天，又是那同伴的運貨馬車，把他們運出鄉村去了。

當馬車上了路，安安雖然在昨夜睡得很好，也不得不打起呵欠來，又睡著了。到底又睡了多少時間，他一點也記不起來，只覺得車子很急劇的這麼一震，就把他抖醒了。醒轉來後，他第一步要做的事，是睜開眼睛來看，其實不看還好，一看可叫他大大的吃了一驚了。為什麼呢？又發生了什麼事了？一點也不錯，又鬧出事來了。你只要朝安安坐的車前面一看，就知道。原來在這時，在他們面前，正有許多人，有男的有女的，有老的也有少的，他們都一樣攜著一點小行李，很倉皇很不安的奔來，看樣子都像是要到什麼地方去逃難的。

舅舅是一個膽大的人，但是對這種不平常的現象也很吃驚，因此，他就不時去問馬車夫，但是馬車夫只是微笑著不答。到後來給追問急了，才說：

「你們是中國人，又不是米米國人，用不著擔心的。」

「到底是發生了一些什麼事？」

那個馬車夫還是微笑著不答。

舅舅心裡疑惑，可是他這樣決定著：這個車夫不肯說，那麼我去問問逃難的人就是了。可是，儘管他在車上搖手，叫喊，說好話，還是沒有一個肯站住對他說話。沒辦法，他只好下決心，叫馬車打轉頭走。可是，馬車夫不肯，正在爭執著時，忽然有一個商人打扮的中國人，也雜在逃難人中慌慌張張的奔來，於是舅舅就一把拉住他，並且急急的問道：

「好鄉親，請問你，在前面鎮上到底發生了什麼事，為什麼這些人逃得這樣慌張？」

那個中國商人，雖然不願意，但人家既然是那樣好意的來請教自己，於是他便也只好站住了，並且回答著說：

「老伯，你要到前面那個鎮裡去的？我還是勸你打回頭穩當，那兒不平安，摩洛已經下山了，正在和憲兵對打。」

「打進了鎮沒有？」

「快了，這些生番真稱得上是鐵打漢子，什麼也不怕，只有幾把刀拿著就沖，連憲兵也擋不住，聽說連機關槍也給搶去好幾挺。」

「打起來了！為什麼事？」

「為什麼嗎？說來話長哩，不過我也不大清楚。」接著，這個中國商人，就很清楚的說起來了。「聽說是這樣，在這鎮裡有一個米米人開的麵包店，前幾天，有一個土人的十四歲女孩，到那麵包店裡去買麵包。那米米人，見她長得好看，便存了壞念頭，對她說：

——你要新鮮的還是陳的？

哪個要吃陳麵包？她當然答說：要新鮮的。於是那米米人接著又說：

——那麼，隨我到裡面來罷。

於是，他帶她進裡面的一間房裡去，以後的情形，不用說你老伯也會想得到。那個女孩子，在米米人房間裡，給關著足足有一個半鐘頭，放出來後，已經哭得不成人樣了。女孩的父親，也是一個不好惹的漢子，因此他就帶著那不幸的女兒，到員警署去告。員警署長是米米人，他接了狀後，不但不處理，反而說：這個土人真豈有此理，亂造謠言，我們米米國人怎麼會做這些下流的事？一定是你誣告！於是就叫人把他看管起來了。

這個土人漢子，有一個弟弟在深山內住，是那些生番中的小頭目，那女孩見父親為了自己的事情，給關到員警署裡，心內十分著急，就連夜繞小路趕上山去告訴她叔叔，請求他出來想法子援救。那個小頭目，見是自己哥哥這樣的不幸，自然也就答應了。至於答應以後，他怎樣去召集生番開會，做準備工作，我們都不知道，只是到了第二天晚上，這些摩洛生番就衝下山了。他們的人數，真是多得像螞蟻蒼蠅一樣數不清，從四面八方紛紛的出來。因為這事來得突然，官方來不及準備，鎮裡便給首先衝下山的一股人衝進去。他們把員警署圍住，放走了那個土人，又去燒米米人麵包店，至於對米米人，也是和當時對牙牙人一樣，見一個殺一個的，……」

「他們殺不殺中國人？」

「不殺，土人也不殺，最奇怪的是在鎮裡的中國人和土人，也有參加他們的。為什麼嗎？因為大家都恨米米人。」

正當他說到這兒，又有一群人湧著來了。中間甚至還夾雜著好些牛車。於是，那個中國商人向舅舅揚了揚手，說聲不是，也就雜在他們中，朝前面匆匆的奔去了。舅舅坐在馬車上沉吟著，他正在考慮：是否就馬上朝後轉，避一避這風頭。可是考慮還沒成熟，槍聲就起了，逃難的人也更加的多起來，而且還有許多是便衣武裝的米米人。穿黃制服的憲兵，不久也出現了，他們顯然是打敗的，而且敗得十分狼狽，有些已丟掉了帽子，有些只有槍沒有刺刀，他們的隊形十分淩亂，三個兩個就結成一群，走幾步就會轉頭去放兩槍，放過後，站起身又走，走了又回過頭去放槍，……在他們後面，跟蹤追著的是一陣牛角和牛皮鼓聲，有一群赤身裸體的士人，頭纏大紅布，手持弓箭、飛槍、木刀等類武器，還有少數是帶著步槍的，對這些敗兵取著大包圍形勢，呼喝著衝上來。來勢實在是太猛了，因此嚇得那些米米國憲兵，有些連槍也打不響。

這些摩洛生番的突然出現，使舅舅很為慌亂，他要求那車夫趕快掉轉頭逃難，但是他卻儘微笑著，並且從他坐墊上拿出幾把馬刀來，他說：

「不要怕，米米人也壓迫中國人的。」

說著，就給安安和舅舅每人遞了一把去。

「什麼？你也是摩洛，和他們一起的？」

車夫又微笑起來了，他說：

「凡是被壓迫的人都是摩洛。」

舅舅見情勢已經完全變了，可是他也是恨那些米米人的，特別是那幾個和他競爭的米米收買商，於是，他也就勇敢的伸出手去，安安學了他的樣。

只一會工夫，摩洛就衝到他們的馬車旁邊了，那車夫一邊從他的座位上站起身來，揚著手中馬刀，竭盡全身力氣，向他們歡呼道：

「嗚！——」

那些忙著追趕殺人的摩洛，也報了他這麼一聲：「嗚——！」

於是他回頭向舅舅招了一招手，便跳下車去，舅舅隨後也跟著，可是正輪到安安的時候，情形卻又有了新的變化了，原來是米米國人已調到了炮隊，而且認定這馬車，是摩洛首領的司令臺，就遠遠的對它瞄準打將起來了。安安在車上，忽然聽見了一陣震撼天地的響聲，他急急跳下車去，可是跟著他就看見好幾團像火球一樣東西，在空中呼呼的飛著，飛著，它們好像生了眼睛似的，老是跟著安安走，他走到什麼地方，它們跟到什麼地方。一會，他忽然又發覺所有的人都不見了，這樣大的曠野，只有他一個，在頭上又呼呼的叫著那顆火球，覺得十分恐怖。忽然火球又對準他的頭墜下，炸開了，把他一直炸上天上去。他在天上飛著，打了無數筋斗，忽然又落下地來，他急得要命，以為一定會落在大海中的。於是，十分傷心地哇的一聲就哭起來了。……

安安恢復了知覺，覺得有幾個小姊妹正圍住他，問他怎麼回事，剛剛還睡得很好的，為什麼忽然哭起來了。他睜開眼睛一看，才知道自己是在做夢，在爐邊照樣圍坐著全家大小，他們還是和先前一樣，靜靜的傾聽著那個老洋客講述他的冒險經歷。

老洋客給這幾個鐘頭的講述，弄得十分疲乏，他不時打著呵欠，又拿手巾去擤一擤鼻涕，好像很渴望能停下休息的樣子。但是，給他的故事弄得逐漸興奮起來了的聽眾的眼光，卻使他沒法停下，於是當第一陣雞鳴聲，從遠處傳來後，他就抱歉的站起身來，對大家打著躬說道：

「真對不住，我已打擾了你們整夜的睡眠了，現在，天快亮了，我的故事就在這兒暫時止住吧。」

說著，他向大家點一點頭，就走到門外去，看看天色是否在變亮了。

附錄

父親司馬文森和兒童文學

——寫在《菲菲島夢遊記》再版之際

司馬小莘

童年回憶往往是人一生中最難忘卻、最愉快的時光，所謂「黃金時代」。而父親的記憶中，好像沒有童年。在苦難的舊中國，父親從懂事的年歲起，就直接跨越到成年人的生活中：十二歲的小孩子就要像成年人一樣地辛勤勞作，擔負起沉重的生活重擔。

在惡劣環境中生活的人，往往會走向兩個極端，或者變得殘酷無情，甚至惡毒；或者變得富於同情心與正義感。父親屬於後者，他有一顆金子般的仁愛之心，而且一直保有赤子般的童心。他不僅給了子女幸福的童年，也把他的關愛給了全中國的少年兒童。父親編輯過三套少兒叢書：一九四一年——一九四九年文化供應社出版的《少年文庫》；一九四八年香港學生書店出版的《學生小文庫》；

一九四九年香港智源書局出版的《新中國兒童文庫》。

父親司馬文森是著名作家，是中國報告文學運動的宣導者和組織者，同時也是一個堅定的革命者。他於一九三一年、年僅十五歲就參加了革命。一九三三年加入中國共產黨。一九三四年參加「左聯」。一九三六年在上海文壇崛起。一九三七年盧溝橋事變爆發，中華民族到了生死存亡之際，在「不做亡國奴、為民族的獨立與解放而奮鬥」的共同信念下，中華民族進入全面抗戰。一九三七年父親參加了上海文化界救亡協會。同年底，日本帝國主義佔領了除租界外的整個大上海。進步的文化隊伍，在黨周密細緻的組織、安排下，分三批撤退了。一批組成救亡工作隊沿京滬線撤往武漢；一批由海道乘英國船撤往廣州；另一批則留在上海隱姓埋名繼續堅持地下鬥爭。父親是屬於朝華南撤退的一批，走同一路線的，有郭沫若、夏衍，和《救亡日報》社同人。

日寇的鐵蹄踏入中國以來，戰爭空前殘酷、慘烈。繼南京大屠殺三十萬同胞死難之後，日寇飛機從一九三七年八月三十一日起持續空襲廣州，長達兩年之久，對沒有設防的人口密集區狂轟濫炸，平民、婦孺死傷無數。深深的仇恨和痛苦，壓抑著每個人的心，廣州抗日救亡的文化宣傳活動，熱火朝天地鋪開了。廣州進步的群眾文化活動原有一定基礎，有各種救亡劇團、救亡歌詠隊、抗先隊（東江縱隊前身），加上來自上海的左翼文化人，如虎添翼。在日寇的轟炸下，父親創作了大量抗戰報告文學、速寫、通訊。作為一九三八年兒童節的禮物，他開始創作兒童劇本：《爸爸不要做漢奸》《不要說我們年紀小》。通過藝術的形象，教育苦難中的中國兒童：對一切懦弱、懼怕的報答，同樣是無情的皮鞭；要勇敢、堅定和機智地擊破敵人的陰謀，解救自己。一九三八年五月十九日至二十一日在廣州同樂會大禮堂，由戰時兒童保育會廣東分會舉行的戲劇歌詠遊藝大會上，父親上述兒童劇由鋒社劇團、藝協劇團、廣東兒童劇團聯合演出三天。《不要說我們年紀小》的劇本於一九四〇年一月刊登在《救亡日報》上，後收入《漁夫和魚》單行本中。

在抗擊日寇侵略的戰爭中，中國的少年們在慘酷而又悲壯的現實中迅速成長。他們和大人一樣地在動員著，像大人一樣地擔負著艱巨的抗戰工作，做出許多可歌可泣的事。在解放區有「雞毛信」，王二小放牛娃，紅孩子等少年英雄事蹟；在南方國統區的少年兒童也有很多可歌可泣的事蹟，如父親筆下的少年隊，東江一少年，吹號手……

一九三九年至一九四四年父親任中華全國文藝界抗敵協會桂林分會的理事期間，先後負責出版部、組織部、兒童文學部，為堅持抗戰、進步、團結，反對投降、倒退、分裂、頹廢，做了大量工作。他在負責出版部兒童組工作時，於一九四〇年底相繼主持召開了「當前兒童讀物制有缺點」、「兒童文學座談會」、「兒童戲劇座談會」、「兒童戲劇報告會」等各種形式的會議，負責編輯《救亡日報》副刊《兒童文學》。他撰文批評輕視兒童文學創作，指出出版工作中的錯誤傾向，積極帶動兒童讀物創作，對促進桂林兒童文學和兒童戲劇的創作、演出，繁榮兒童讀物的出版，發揮了重要的作用。父親認為少年讀物的編撰已經引起人們的注意，是一件可喜的事，重要的是要注意它的品質，滿足抗戰時期兒童健康成長的需要。在桂林，父親為文化供應社編輯了《少年文庫》，涵括適合少年閱讀的故事、童話、小說、劇本、詩歌、謠曲、遊記、自然科學等書籍約二十種，並配有精彩的木刻插圖，書目有：

《鸚鵡和燕子》（駱賓基）、《喜酒》（荃麟）、《菲菲島夢遊記》（司馬文森）、《幸運魚》（渠瓊譯）、《北極新天地》（陸洛）、《魔鞋》（渠瓊譯）、《水和它的親族》（陳大年）、《速算故事》（孫士儀）、《偷火者的故事》（加因）、

《地球和宇宙》（陳大年）、《敵後的故事》（桂生）、《小鐵匠》（蘇夫）、《在內蒙古的草原上》（童常）、《火線上的孩子們》（聶志孔）、《蘇聯兒童詩集》（陳原譯）、《生活的故事》（左林）、《漁夫和魚》（司馬文森）、《星的故事》（陳希真）等。

這套在抗戰期間出版的少年文庫，集知識、趣味、智慧於一體，得到少年讀者的熱烈歡迎，一經面世，就被搶購一空，很多書出版僅半年，就再版、三版。戰後這套叢書的大部分在香港曾再度出版、發行。

《少年文庫》叢書不僅豐富了少年兒童的生活，並且為革命事業做出貢獻。一九四一年國民黨反動派製造了震驚中外的「皖南事變」，蔣介石簽署了解散新四軍的通令。周恩來在《新華日報》上憤然寫下「同室操戈，相煎何急？！」的題詞。八路軍桂林辦事處被迫撤退了，《救亡日報》於二月底被國民黨封閉，父親奉命留守桂林文化城，堅守黨的文藝陣地。在八路軍辦事處撤退前，李克農指示新安旅行團（注：新安旅行團是中國共產黨領導下的少年兒童文藝團體）迅速做好準備，祕密轉移到蘇北新四軍根據地。為籌集轉移用的經費，新安旅行團的張牧變賣了電影放映機、發電機和舞臺演出設備。父親司馬文森利用編輯少年文庫的機會，出版了由童常、左林、張拓、聶大朋、范政等人寫作的《生活的故事》《在湘桂線上》《火線上的孩子們》《在內蒙古的草地上》《星的故事》等書，並再版《敵後的孩子》《海外一課》，得到的稿費，就用作轉移新安旅行團的部分路費。經過艱難的路程，新安旅行團勝利到達蘇北，成為新四軍中一支文藝骨幹，直到全國解放。

一九四八年至一九四九年，父親在香港編輯了第二套少兒叢書《學生小文庫》，共十種：

《上水四童軍》（宋芝）、《讀書的故事》（吳費）、《森林的故事》（華嘉）、《黑帶》（何文浩）、《龍鬚島歷險記》（伯子）、《讀書的故事續集》（吳費）、《給新少年》（冰山）、《歌墟》（林華）、《奇異的鄉土》（雷蕾）、《孩子們》（春草）。

這套叢書出版的時候，正值解放戰爭期間，國民黨反動派陷入四面楚歌中，為在中國大陸的統治作垂死掙扎。《上水四童軍》是父親以兩個小朋友之間通信形式記述的一件轟動世界的慘案，四個香港的童子軍到深圳遊玩，被國民黨憲兵殘忍地殺害。《龍鬚島歷險記》是林任生的作品，反映「萬里輪」在海上失事，乘客逗留山東榮城解放區的生活和見聞，駁斥了反動派對共產黨、解放軍的造謠汙蔑。《讀書的故事》是洪遒的作品，講述了孫中山、聞一多、鄒韜奮、陶行知、李公樸、華羅庚、冼星海、蔡楚生、蕭紅、艾蕪等十人讀書的故事；《讀書的故事》續集講述了毛澤東、郭沫若、丁玲、茅盾、聶耳、沈鈞儒、馬敘倫、張天翼、田漢等讀書的故事，對少年兒童的學習、成長有啟迪作用。

為迎接新中國的誕生，父親於一九四九年為中國的少年兒童編輯了第三套叢書《新中國兒童文庫》，本著「嚴格地為少年朋友準備一批必讀書，以輔助教育的作用，而增加少年人把握並促進時代精神的力量」（郭沫若）。由香港智源書局出版。出版書目十種：

《怎樣做個新少年》（陳閑）、《新少年寫作講話》（宋芝）、《帶燈的人》（歌德著，胡仲持譯）、《俄羅斯童話》（托爾斯泰著，黃藥眠譯）、《中國五十年》（孟超）、《蜘蛛王國》（蔣宛譯）、《電影的祕密》（韓北屏）、《畫家的故事》（黃茅）、《手和腦》（朱智賢）、《大笨象旅行記》（谷柳）。

郭沫若應父親之邀為這套叢書作序言，大意：少年時期是人生的一個極重要的時期，可塑性極強。但是這樣重要的時期，少年人自身卻不能負責，因為自己還不能辨別是非惡善，因此教育很必要。要有良好的家庭教育、社會教育、學校教育，才能培養出良好的少年。把握時代精神並促進時代精神的發展，是教育所應該遵奉的根本意義。今天是人民的世紀，人民的時代，為人民服務是今天的時代精神。祝天下少年人都能成為人民殿堂的真正的主人。

父親關注少年兒童的成長，共寫作了七本兒童文學作品，是父親的愛心與童心的結晶：《菲菲島夢遊記》（文化供應社一九四一年十月出版、一九四二年九月再版）、《漁夫和魚》（文化供應社一九四二年五月初版、一九四四年三月再版、一九四七年十一月再版）、《掙脫了枷鎖》（一九四六年五月上海文光書店出版）、《黑帶》（香港學生書店一九四九年八月出版）、《上水四童軍》（香港學生書店一九四八年八月出版）、《新少年寫作講話》（智源書局一九四九年八月出版）、《我們的新朋友》（中國少年兒童出版社一九六四年十月出版）。

《漁夫和魚》是根據普希金的童話改編的劇本，由林路和伍禾譜曲。書中還收集了另一個劇本《別說我們年紀小》。

《掙脫了枷鎖》是根據抗戰時期捕獲的日本少女間諜的自述、口供，整理編寫的，講述一個孩子怎樣一步步誤入歧途，是少年兒童健康成長的反面教材。

《黑帶》是反映美國黑人在種族主義的歧視、壓迫下覺醒，奮起鬥爭的故事。「黑帶」來源於美國人對南方黑人居住最多的佛羅里達、路易斯安那、德克薩斯、喬治亞等十一個州的歧視性稱謂。

《新少年寫作講話》是父親以自己成長的體驗，為孩子們學習寫作提供參考意見。

《菲菲島夢遊記》是一部相當於小說的遊記。父親用活潑的筆觸，在小朋友安安的夢境裡，描繪了菲菲島淪為兩個帝國主義國家：牙牙國和米米國的殖民地的悲慘命運。關於土人的故事，關於牲畜的故事，關於國家的歷史的，編列在一起，仿佛是在讀菲菲島的歷史。分拆開來，又像是在講故事。《菲菲島夢遊記》講述了華僑背井離鄉、漂洋過海的辛酸，講述他們受到殖民主義勢力的種種迫害，以及創業的艱苦。早在西方探險家麥哲倫發現菲菲島之前數千年，中國人已經來到菲菲島，和當地人一起和睦相處，共同建設，共同抵禦帝國主義的侵略、殖民主義者的統治。在《菲菲島夢遊記》中，我們可以清楚地看到中國與西方文化的差異、觀念的差異。

——安安的舅舅留一條辮子，有人勸他剪，他就說：「頭髮是從父母肚裡帶來的，跟滿清民國有什麼關係？」結果還是照樣留著。在平時總是垂直了辮子，也不戴帽子，以至於他每次站在大車上趕牛的時候，那辮子就隨著車子的搖擺，一左一右的，像是鐘擺一樣。日子一久，就有許多土人孩子開始對那辮子感到興趣。不過剛開始的時候，他們也只能偷偷摸摸地跟在他的牛車後看；後來見他對人並不凶，就敢伸手去摸；再往後甚至於發展到拉了。這樣一拉，這位舅舅的辮子可就不得了了，它原本是很大很大一束的，給人家拉的次數一多，就拉掉了許多，看樣子，不出兩年光景，他的辮子就會給拉光了。因此他就大大的著急起來。但是他又不願意對那些喜歡惡作劇的孩子打罵，因此，他就非常的悲哀起來。這事經過了好久，有人看見他實在太悲哀了，就貢獻了一個新意見，這個意見是：把辮子在頭頂盤起來，再加上一頂草帽，便不會有給拉光的危險了。這位舅舅接受了這個寶貴的意見，並且偷偷地試驗了兩次，成績果然很不壞，因此他就實行起來了。到這時，如果有小孩子問到他：「辮子呢？」他就可以回答他們說：「給拉光了！」慢慢地，孩子們就把他的辮子忘記了，而他也長期的這樣實行起來。——這是舅舅求同存異的解決方法。

但是有一天在一個偏僻的小鎮上：

——在這樣荒野的地方，一個白面孔男人拉著一個白面孔女人的膀子，在街上出現，是不很常有的，因此就引起街上大群的小土人跟在他們屁股後面走，好像跟著看大把戲一樣。跟著看，有什麼關係？偏偏這些小鬼，又喜歡評頭品足地嘲笑他們。自認為是「文明人」的人，忽然在街上公然給一群「野蠻人」嘲笑，那實在是有點不大那個的。因此，這兩個「文明人」的面孔，登時就白了起來。那個女人，甚至馬上要滴下眼淚。他們越難為情，跟在他們後邊的小土人，也就越得意。到後來那個男的可就發起怒來了，他在街上聲勢洶洶地站住，回轉身去，大聲喝斥著，舉起右拳在空中晃了一晃，對那些小鬼做著威脅的樣子。這些威脅的手勢，和那一陣狗吠似的叫嚷，在他看來，以為這些小「野蠻人」一定會吃不消，而紛紛嚇退的。沒想到，他們竟「哈哈哈」地大笑起來了。有一兩個小的，甚至馬上就學起他的手勢，原封不動地搬出來表演，叫他的同伴看了以後，也不得不發出一陣狂笑。大家可以想像得到那兩個白種人的狂怒情形是到了怎樣地步。因此那個女的就傷心地滴下眼淚，男的便很迅速地把手伸到衣袋裡去，拿出一支手槍來，接著就瞄準，對那群得意忘形的小土人，一連「砰砰」的放了幾槍。當那槍聲發出以後，街中的店鋪都紛紛的關起門來。小市場那邊的人也驚慌地亂奔亂跑，以為發生了什麼大禍。等那兩個行兇的白種人走過小市場了，才有人敢重新出來。跑到街上一看，已經有一個小孩給打死在那兒，一個受了重傷，看樣子也活不久了。——這是一些西方人解決問題的手段。

我們可以清楚地看到中國文明和西方觀念的差異，導致了解決問題的方法的差異、後果的差異。在人類發展史上四大文明古國中，古印度文明失落了，古埃及文明失落了，古巴比倫文明失落了，唯有中華文明沒有失落，繼續發出璀璨的光芒，原因就在於中華文化的博大精深和它的寬厚包容。早在西方探險家到各處圈地、西方國家在世界各地建立殖民地之前，中國就是世界海上強國，明朝鄭和曾率三〇〇餘艘船隊七下南洋。即使在中國最強大的時代，中國也沒有任何一個海外殖民地，沒有任何一個海外軍事基地；歷史上記述的是八國聯軍對中國的侵略瓜分、倭寇對中國沿海的燒殺搶掠、無惡不做。中國人民是熱愛和平、勤勞勇敢的，中華文化講的是：仁、義、禮、智、信，是入鄉隨俗，是「己所不欲勿施於人」。定居在海外的中國人，他們從「豬仔」、「契約勞工」到自由定居者；從延續幾百年的西方殖民主義者的殖民統治，到這些國家紛起獨立，而他們仍能團結一起，用傳統的古老的中國方式生活，這就是中華文化的凝聚力。

《我們的新朋友》是父親司馬文森作為新中國第一代外交官的海外散記。一九六三年夏，父親和楊朔、杜宣作為中國作家代表團，出席在印尼舉行的亞非作家會議常設局會議，及亞非作家執行委員會會議；同年秋天，父親和丁西林等去阿爾及利亞簽訂兩國文化合作協定。回國後父親寫下了這本讀物，反映了印尼、阿爾及利亞等國人民正在進行的反帝、反殖、爭取民族獨立的偉大鬥爭；歌頌了中國和亞非人民之間的朋友、同志和兄弟的情誼。

少年兒童的命運和祖國的命運息息相關。如今歷史已翻開新的一頁，如何面向世界，面向未來，給我們的少年兒童提出新的挑戰。如何繼承、發展中華文化，是擺在中國少年兒童面前的一個重要課題。

中華文化，源遠流長。文化傳承，千秋功業。

二〇一一年七月二十一日

為重寫中國兒童文學史做準備

眉睫（簡體版書系策畫）

二〇一〇年，欣聞俞曉群先生執掌海豚出版社。時先生力邀知交好友陳子善先生參編海豚書館系列，而我又是陳先生之門外弟子，於是陳先生將我點校整理的梅光迪講義《文學概論》（後改名《文學演講集》）納入其中，得以出版。有了這個因緣，我冒昧向俞社長提出入職工作的請求。俞社長看重我對現代文學、兒童文學研究的能力，將我招入京城，並請我負責《豐子愷全集》和中國兒童文學經典懷舊系列的出版工作。

俞曉群先生有著濃厚的人文情懷，對時下中國童書缺少版本意識，且缺少人文氣質頗不以為然。我對此表示贊成，並在他的理念基礎上深入突出兩點：一是以兒童文學作品為主，尤其是以民國老版本為底本，二是深入挖掘現有中國兒童文學史沒有提及或提到不多，但比較重要的兒童文學作品。所以這套「大家小書」，頗有一些「中國現代兒童文學史參考資料叢書」的味道。此前上海書店出版社曾以影印版的形式推出「中國現代文學史參考資料叢書」，影響巨大，為推動中國現代文學研究做了突出貢獻。兒童文學界也需要這麼一套作品集，但考慮到兒童讀物的特殊性，影印的話讀者太少，只能改為簡體橫排了。但這套書從一開始的策劃，就有為重寫中國兒童文學史做準備的想法在裡面。

為了讓這套書體現出權威性，我讓我的導師、中國第一位格林獎獲得者蔣風先生擔任主編。蔣先生對我們的做法表示相當地贊成，十分願意擔任主編，但他畢竟年事已高，不可能參與具體的工作，只能以書信的方式給我提了一些想法，我們採納了他的一些建議。書目的選擇，版本的擇定主要是由我來完成的。總序也由我草擬初稿，蔣先生稍作改動，然後就「經典懷舊」的當下意義做了闡發。可以說，我與蔣老師合寫的「總序」是這套書的綱領。

什麼是經典？「總序」說：「環顧當下圖書出版市場，能夠隨處找到這些經典名著各式各樣的新版本。遺憾的是，我們很難從中感受到當初那種閱讀經典作品時的新奇感、愉悅感、崇敬感。因為市面上的新版本，大都是美繪本、青少版、刪節版，甚至是粗糙的改寫本或編寫本。不少編輯和編者輕率地刪改了原作的字詞、標點，配上了與經典名著不甚協調的插圖。我想，真正的經典版本，從內容到形式都應該是精緻的、典雅的，書中每個角落透露出來的氣息，都要與作品內在的美感、精神、品質相一致。於是，我繼續往前回想，記憶起那些經典名著的初版本，或者其他的老版本——我的心不禁微微一震，那裡才有我需要的閱讀感覺。」在這段文字裡，蔣先生主張給少兒閱讀的童書應該是真正的經典，這是我們出版本套書系所力圖達到的。第一輯中的《稻草人》依據的是民國初版本、許敦谷插圖本的原著，這也是一九四九年以來第一次出版原版的《稻草人》。至於解放後小讀者們讀到的《稻草人》都是經過了刪改的，作品風致差異已經十分大。俞平伯的《憶》也是從文津街國家圖書館古籍館中找出一九二五年版的原著來進行重印的。我們所做的就是為了原汁原味地展現民國經典的風格、味道。

什麼是「懷舊」？蔣先生說：「懷舊，不是心靈無助的漂泊；懷舊也不是心理病態的表徵。懷舊，能夠使我們憧憬理想的價值；懷舊，可以讓我們明白追求的意義；懷舊，也促使我們理解生命的真諦。它既可讓人獲得心靈的慰藉，也能從中獲得精神力量。」一些具有懷舊價值、經典意義的著作於是浮出水面，比如孤島時期最富盛名的兒童文學大家蘇蘇（鍾望陽）的《新木偶奇遇記》；大後方為少兒出版做出極大貢獻的司馬文森的《菲菲島夢遊記》，都已經列入了書系第二批順利問世。第三批中的《小哥兒倆》（淩叔華）《橋（手稿本）》（廢名）《哈巴國》（范泉）《小朋友文藝》（謝六逸）等都是民國時期膾炙人口的大家作品，所使用的插圖也是原著插圖，是黃永玉、陳煙橋、刃鋒等著名畫家作品。

中國作家協會副主席高洪波先生也支持本書系的出版，關露的《蘋果園》就是他推薦的，後來又因丁景唐之女丁言昭的幫助而解決了版權。這些民國的老經典，因為歷史的原因淡出了讀者的視野，成為當下讀者不曾讀過的經典。然而，它們的藝術品質是高雅的，將長久地引起世人的「懷舊」。

經典懷舊的意義在哪裡？蔣先生說：「懷舊不僅是一種文化積澱，它更為我們提供了一種經過時間發酵釀造而成的文化營養。它對於認識、評價當前兒童文學創作、出版、研究提供了一份有價值的參照系統，體現了我們對它們的批判性的繼承和發揚，同時還為繁榮我國兒童文學事業提供了一個座標、方向，從而順利找到超越以往的新路。」在這裡，他指明了「經典懷舊」的當下意義。事實上，我們的本土少兒出版是日益遠離民國時期宣導的兒童本位了。相反地，上世紀二三十年代的一些精美的童書，為我們提供了一個座標。後來因為歷史的、政治的、學術的原因，我們背離了這個民國童書的傳統。因此我們正在努力，力爭推出真正的「經典懷舊」，打造出屬於我們這個時代的真正的經典！

但經典懷舊也有一些缺憾，這種缺憾一方面是識見的限制，一方面是因為審稿意見不一致。起初我們的一位做三審的領導，缺少文獻意識，按照時下的編校規範對一些字詞做了改動，違反了「總序」的綱領和出版的初衷。經過一段時間磨合以後，這套書才得以回到原有的設想道路上來。

欣聞臺灣將引入這套叢書，我想這對於臺灣人民了解大陸的兒童文學是有幫助的。林文寶先生作為臺灣版的序言作者，推薦我撰寫後記，我謹就我所知，記述於上。希望臺灣的兒童文學研究者能夠指出本書的不足，研究它們的可取之處，為重寫兩岸的中國兒童文學史做出有益的貢獻。

二〇一七年十月於北京

眉睫，原名梅杰，曾任海豚出版社策劃總監，現任長江少年兒童出版社首席編輯。主持的國家出版工程有《中國兒童文學走向世界精品書系》（中英韓文版）、《豐子愷全集》《民國兒童文學教育資料及研究》，主編《林海音兒童文學全集》《冰心兒童文學全集》《豐子愷兒童文學全集》《老舍兒童文學全集》等數百種兒童讀物。二〇一四年度榮獲「中國好編輯」稱號。著有《朗山筆記》《關於廢名》《現代文學史料探微》《文學史上的失蹤者》，編有《許君遠文存》《梅光迪文存》《綺情樓雜記》等等。

民國時期經典童書 A0801009

菲菲島夢遊記

作　　者 司馬文森
版權策劃 李　鋒

發 行 人 陳滿銘
總 經 理 梁錦興
總 編 輯 陳滿銘
副總編輯 張晏瑞
編 輯 所 萬卷樓圖書(股)公司
特約編輯 沛　貝
內頁編排 小　草
封面設計 小　草
印　　刷 百通科技(股)公司

出　　版 昌明文化有限公司
桃園市龜山區中原街 32 號
電　　話 (02)23216565
發　　行 萬卷樓圖書(股)公司
臺北市羅斯福路二段 41 號 6 樓之 3
電　　話 (02)23216565
傳　　真 (02)23218698
電　　郵 SERVICE@WANJUAN.COM.TW
大陸經銷
廈門外圖臺灣書店有限公司
電郵 JKB188@188.COM

ISBN 978-986-496-067-5
2017 年 12 月初版一刷
定價：新臺幣 260 元

如何購買本書：
1. 劃撥購書，請透過以下帳號
帳號：15624015
戶名：萬卷樓圖書股份有限公司
2. 轉帳購書，請透過以下帳戶
合作金庫銀行古亭分行
戶名：萬卷樓圖書股份有限公司
帳號：0877717092596
3. 網路購書，請透過萬卷樓網站
網址 WWW.WANJUAN.COM.TW
大量購書，請直接聯繫，將有專人為您服務。(02)23216565 分機 10

如有缺頁、破損或裝訂錯誤，請寄回更換

版權所有 ・ 翻印必究
Copyright©2014 by WanJuanLou Books CO., Ltd.All Right Reserved
Printed in Taiwan

國家圖書館出版品預行編目資料

菲菲島夢遊記 / 司馬文森著 .
-- 初版 . -- 桃園市 : 昌明文化出版 ;
臺北市 : 萬卷樓發行 , 2017.12
168 面 ; 14.5x21 公分 . -- (民國時期經典童書)
ISBN 978-986-496-067-5 (平裝)
859.08　　106021761

本著作物經廈門墨客知識產權代理有限公司代理，由海豚出版社授權萬卷樓圖書股份有限公司出版、發行中文繁體字版版權。